KB077386

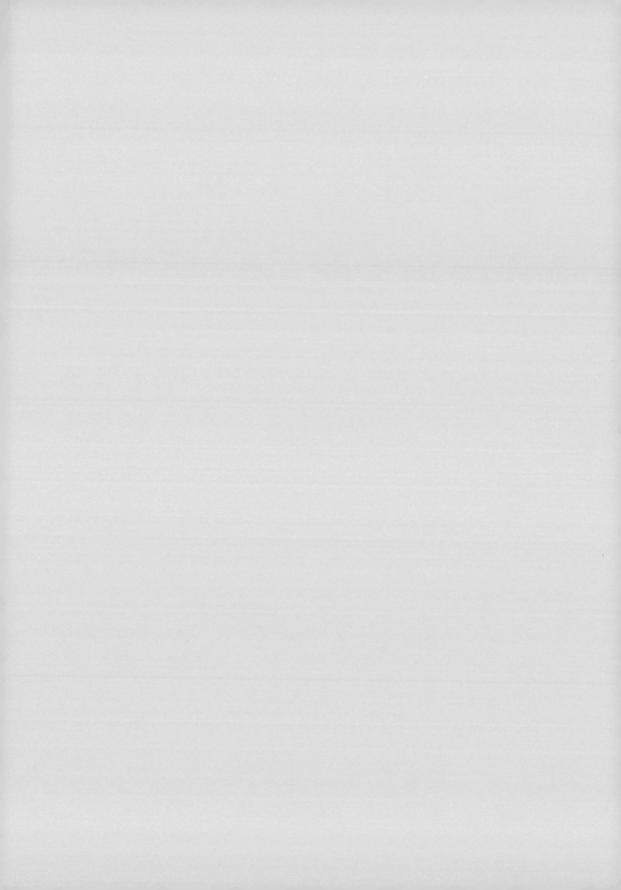

생태활동가, 청년 김우성의 기후숲

지은이_ 김우성

40살 청년 생태활동가이다. 서울대학교 산림과학부에서 산림환경학(학사), 조림복원생태학(석사), 서울대학교 생명과학부에서 생물지리학 박사 과정을 수료했다. 동갑내기 생태학자 한새롬 박사와 결혼해 아홉 살 딸 산들이와 울산에서 지역활동가로 살았다. 국립산림과학원 연구수련생을 거쳐, 울산광역시 환경교육센터 팀장, 울산생명의숲 사무국장을 맡아 활동했다. 현재는 자연과공생연구소 소장을 맡고 있다.

울산CBS〈기후 시민으로 살아가기〉코너를 진행했고, UBC울산방송〈지구 수다〉, KBS 울산, 울산 MBC 등에 출연했다. 울산저널에「우리 곁의 자연」을 연재하고, 울산매일에「기후 변화와 환경교육」칼럼을 연재했다.

생태활동가, 청년 김우성의 기후숲

기후 위기·저출산·사회 갈등 ─ 숲의 생태에서 답을 찾다

펴낸날 | 2024년 1월 10일

지은이 | 김우성
발행인 | 박수영

기획 | 박성미
편집 | 정미영
표지와 본문 디자인 | 권경은, 평사리

펴낸곳 | 플래닛03 주식회사
출판신고 | 제 2023-000129호 (2023년 10월 17일)
주소 | 경기도 성남시 분당구 황새울로 321. 7층
전화 | 02-706-1970 팩스 | 02-706-1971 전자우편 | commonlifebooks@gmail.com
ISBN 979-11-985035-3-4 (03810)
ⓒ 김우성, 플래닛03 주식회사

⑩ planet03
플래닛03은 태양에서 세 번째 행성, 지구의 또 다른 이름입니다. 우리는 지구를 생각하고 지구와 공생하고자 합니다.
지식과 생각을 나누고, 책과 미디어를 통해 더 많은 사람들과 '지구감성'을 공유하고자 합니다.

생태활동가, 청년 김우성의 기후숲

기후위기 · 저출산 · 사회 갈등 —— 숲의 생태에서 답을 찾다

김우성 지음

planet03

뜨거워지지 않고, 지치지 않고

이 책은 숲 가까이서 살아가는 한 가족의 이야기입니다. 우리 가족이 살아가는 방식, 우리 가족이 만난 사람과 우리 가족 주변의 자연에 관한 이야기를 사진과 함께 담았습니다. 아내를 만나고, 결혼을 하고, 아이를 낳아 기르면서 가족이 만들어지는 이야기가 책 전체의 큰 줄기입니다.

'아이가 자라려면 숲이 필요합니다', '알면, 사랑합니다'에서는 숲에서 아이를 키우면서, 아이와 함께 낙엽에서 뒹굴기도 하면서 우리 주변의 자연을 관찰한 이야기입니다. 더불어 생물 다양성과 서식지 보전의 중요성에 관한 짧은 글들을 담았습니다.

'다친 나무에 마음이 다치다'는 숲활동가로 살아가면서 마주한 나무들이 겪고 있는 고통을 말하고 싶었습니다. 또한 의미 없이 버려지는 나무들을 우리 곁에 오래 두기 위한 이런저런 시도들도 담았습니다.

'지속 가능한 이타주의자'에서는 석사와 박사 과정 동안 열대우림부터 극지방까지 돌아다니던 시절을 몇 장면으로 압축해 보았습니다. 서로 다른 기후대에는 생태계가 어떻게 구성되어 있고, 그 안에서 무슨 일이 벌어지는지를 이야기했습니다.

'숲에서 답을 보았습니다'는 숲활동가의 삶에 관한 이야기입니다. 꿈과 일, 이상한 시도들과 시행착오, 그래서 싹텄던 생각들을 기록했습니다.

마지막으로, '그럼, 무엇을 할까요'에서는 숲활동가로서 느꼈던 구조적 한계들을 어떻게 극복해야 할지, 고민을 담아 이야기했습니다.

우리가 마주하고 있는 숲과 지구의 문제들은 결코 호락호락하지 않습니다. 집 앞의 가로수 문제도 어렵고, 지구의 기후 변화 문제는 훨씬 더 어렵습니다. 화가 나거나, 우울과 무기력에 시달리거나, 절망하게 되는 거대한 문제들입니다. 그런 문제들을 해결하려고 노력하는 과정에서 너무 마음 아파하거나 뜨거워지지 않기 위해 노력했습니다. 지치지 않고 아주 긴 시간을 마주해야 하는 문제들이니까요.

글이 얕고 가벼운 것은 저자의 부족함 탓도 있겠으나 의도적으로 깊고 무거워지지 않게 쓰려고 노력했습니다. 더 깊은 지식에 대한 갈증이 느껴지는 부분들은 검색의 도움을 받으시거나 도서관을 찾아 주십시오. 현실 세계의 도움이 필요하시면 막걸리 한 병을 사 들고 저자를 찾아 주셔도 좋습니다. 부족한 글이지만 가볍고 즐거운 마음으로 읽어 주셨으면 합니다.

이 책이 여러분을 숲의 입구까지 안내하기를 바랍니다.

김우성

아이가 자라려면

숲이 필요합니다

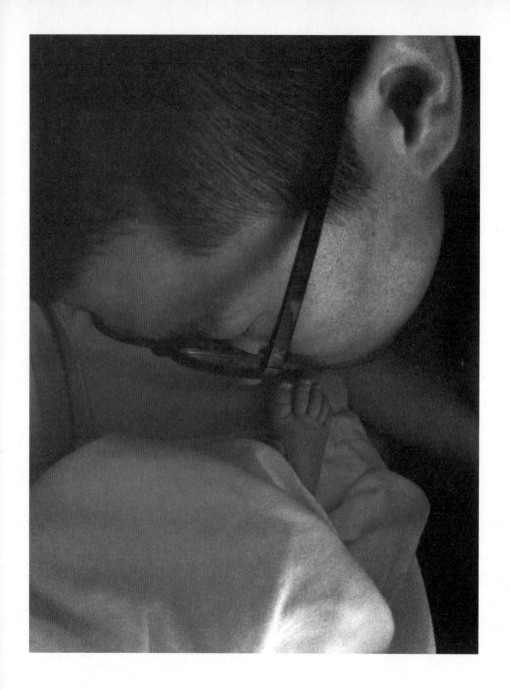

숲 가까이로

함께 살 집을 구하기 위해 아내 학교 근처의 부동산을 찾았습니다.

"혹시 여기 지도에 있는 산 주변에 나온 집이 있나요?"

"산이요?"

"네. 여기 지도에서 초록색 옆에 있는 집들 중에 괜찮은 매물 있으면 추천해 주세요."

"혹시 글 쓰는 분이거나, 예술 같은 거 하시나요?"

"아뇨. 아내가 숲을 좋아합니다."

부동산 사장님은 정릉의 꼭대기에 있는 빌라로 우리를 안내하기 위해 앞장서서 걸으시다가 다리에 쥐가 나셨습니다.

"헉헉, 아이고. 제가 운동을 안 해서 그렇지, 이 집이 그렇게 가기가 힘든 곳은 아니에요. 헉헉."

우리가 도착한 곳은 정릉 꼭대기에 있는 낡은 빌라였습니다. 복층 구조의 빌라 중간에 있는 계단을 막아 꼭대기 층의 비어 있는 공간을 세를 준 매물이었습니다. 계약 형태나 집의 구조가 좀 이상했지만, 전세 7,000만 원치고는 꽤나 넓은 집이었습니다. 집 바로 앞은 숲이었습니다. 아내는 학교가 가깝다며 좋아했고, 저는 넓은 부엌과 볕 잘 드는 베란다가 있어서 좋았습니다. 우리는 그렇게 그 빌라에 살게 되었습니다.

"여보, 나 임신했어."

"응?"

3주간 북극 출장에서 돌아왔더니 아내가 임신 소식을 알렸습니다.

"이름을 뭘로 할까?"

아버지께 여쭸더니 봄비라는 뜻의 춘우, 아내 이름인 새롬과 제 이름인 우성에서 따와서 새우, 양띠라서 양순이, 한길만 가라는 뜻에서 한길이라는 이름을 추천하셨습니다.

"아버지, 저 한길이라는 이름 싫어합니다."

할아버지에게 손녀의 이름을 맡길 수 없다는 생각이 들었고, 우리는 딸 아이의 이름을 짓기 위한 회의에 들어갔습니다.

"숲이라는 의미를 담은 이름이면 좋겠어."

"외국인이 부르기 편한 이름이면 좋겠어."

둘의 의견을 모아 숲이라는 뜻을 가진 라틴어 실비silvi라는 단어를 넣어 이름을 짓기로 했습니다. 여자아이면 실비아Silvia, 남자아이면 실베스터Silvester가 될 텐데, 우리나라 이름에 비슷한 느낌이 나는 이름이 마땅치 않았습니다. 김실비라는 이름은 왠지 정산을 해야 할 것 같은 느낌이었거든요.

"산과 들이라는 뜻으로 산야라고 부르면 어떨까? 외국인 이름 중에 소냐Sonya라는 이름이랑 비슷하니까 부르기도 괜찮을 것 같아."

"발음이 어려운데 산들은 어떨까? 산드라Sandra나 샌디Sandie로 부르면 될 것 같은데."

"좋은데? 산과 들이라는 뜻도 되고, 산들산들이라는 부사도 되고, 어감도 좋아!"

아내의 의견에 따라 딸의 이름은 산들이로 결정되었습니다.

아내님(임신 후 아내에서 아내님으로 승격)께서는 무거운 몸으로 책상 앞에 앉아 매일 데이터와 씨름하셨습니다. 숫자를 그래프로 바꾸고, 사진을 정리하고, 글을 쓰고 수정하는 작업을 반복했습니다.

"태교는 필요 없겠네."

그렇습니다. 아내님은 매일매일 뇌를 풀가동하고 있었습니다. 산들이는 아내님의 뱃속에서 무럭무럭 자라고 있었습니다. 아내님께서는 만삭의 몸으로 박사 학위를 받으셨습니다.

아내님과 저는 정릉에서 행복한 시간을 보냈습니다. 함께 산책을 하고, 함께 카페에서 시간을 보냈습니다. 책을 읽고, 이야기를 하고, 나무와 새를 관찰했습니다. 아내님은 임신 기간 동안 미각이 예민해져서 음식을 더 맛있게 먹었습니다. 산들이는 가끔 엄마 뱃속에서 건강하게 자라고 있음을 알렸습니다. 행복했던 임신 기간이 지나고 우리는 둘에서 셋이 되었습니다.

훌륭한 연구자였던 아내님께서는 임신과 출산에 관한 책들을 찾아 보기 시작했습니다. 수십 권의 책을 뒤졌고, 그중에서 좋은 책과 그렇지 않은 책을 구분했습니다. 내용들을 요약해 저를 가르치셨습니다. 역시 석사는 박사님께 배우는 법이죠. 박사님께서는 과학적 지식을 바탕으로 다정하고 성실하게 아기를 돌보셨습니다. 저는 겸손한 자세로 박사님께서 지속 가능한 육아를 하실 수 있도록 도왔습니다. 우리는 산들이를 꼼꼼하게 관찰하면서 성장의 순간들을 함께했습니다.

숲에서 다양한 조사를 할 때 입던 조끼는 육아에 큰 도움이 되었습니다. 펜과 수첩, 장비와 테이프 등을 넣던 주머니에는 손수건과 물티슈, 간식과 장난감을 넣었습니다. 아내님께서 뭔가 필요하실 때 척척 꺼내 줄 수 있는 도라에몽 주머니 같은 조끼입니다. 아기를 알아가는 것과 자연을 알아가는 것은 크게 다르지 않습니다. 아기도 자연이니까요.

이 시기에 우리 세 사람은 월 100만 원 정도의 예산으로 서울에서 살았습니다. 적은 예산이었지만 의외로 우리의 삶은 여유롭고 풍족했습니다. 돌이켜 보면 이즈음이 삶에서 가장 행복했던 시기가 아니었나 싶습니다.

아내는 박사 학위를 받고 출산을 했으니 쉬고 있었고, 저도 허리디스크로 연구실을 쉬고 있었습니다. 산들이는 아기라서 집에서 쉬고 있었습니다. 우리는 정릉에서 1년 동안 함께 쉬었습니다.

우리에게는 돈이 없었지만 시간이 있었습니다. 우리는 우리가 가진 과학과 농업에 관한 지식을 바탕으로 가난을 잘 관리했습니다. 우리는 식재료의 생산과 유통 과정을 추정할 수 있었고, 식재료에 맞는 요리법을 결정할 수 있었습니다. 산 아래 마을에 있는 전통시장에 나가 여유롭게 산책하면서 값싼 제철 식재료를 구입했습니다. 장보기가 끝나면 커다란 느티나무 아래에 있는 달팽이카페에서 시간을 보냈습니다. 해 질 녘이 되면 집에 돌아와서는 느긋하게 아기의 이유식과 부부의 반찬을 만들었습니다. 대부분의 음식은 제 손으로 만들었습니다. 삶에 많은 것이 필요하지 않았습니다.

산들이의 이유식을 만드는 일도 어렵지 않았습니다. 저는 시간이 많았고, 생태학 전공자였으니까요. 재료들을 하나씩 넣고 빼면서 알레르기 반응을 확인할 수 있는 충분한 시간이 있었습니다. 먼저 쌀, 다음은 소고기, 채소와 과일, 생선과 달걀을 충분한 시간을 두고 순서대로 테스트했습니다. 산들이는 건강했고, 이유식도 잘 먹었습니다. 산들이는 아주 어릴 때부터 천천히 미식가로 자랐습니다.

우리는 종일 함께 있었고, 집은 넓었으며, 숲은 가까웠습니다. 아침에 함께 일어났고, 오전을 함께 빈둥거렸으며, 함께 산책하고, 함께 밥을 먹었습니다. 시장에는 신선한 제철 식재료가 풍부했고, 마을에는 좋은 카페가 많았습니다. 아기가 태어나고 자라는 시간을 가족이 오롯이 함께 보낼 수 있다는 것은 큰 축복입니다. 지금을 살아가는 젊은 엄마와 아빠에게 주어진 육아휴직이라는 제도는 가족의 시간을 지켜 주기 어렵습니다. 엄마가 건강하게 아기를 돌보기 위해서는 아빠가 엄마를 건강하게 돌볼 수 있어야 합니다. 한새롬 박사는 훌륭한 엄마가 되었고, 저는 훌륭한 주부가 되었습니다.

가끔 산들이를 업고 팔 굽혀 펴기를 합니다. 산들이가 어릴 때부터 했고, 아홉 살이 된 지금도 자주 하려고 노력합니다. 산들이는 매일 조금씩 자라니까 매일 산들이를 업고 팔 굽혀 펴기를 하면 아빠도 매일 강해질 수 있겠죠? 매일매일 연습하면 산들이가 70킬로그램까지 자라도 산들이를 업고 팔 굽혀 펴기를 할 수 있을 겁니다. 쑥쑥 자라는 산들이를 보면서 아빠도 더 건강하고, 더 강해져야 함을 느낍니다. 저는 가족의 울타리이니까요.

니체를 찾아서

전세 계약 기간이 끝날 즈음, 집주인이 집을 둘러보러 왔습니다. 집주인의 속마음을 알 수는 없었지만, 계약을 연장하지 않고 본인이 그 공간에 거주하겠다고 했습니다. 우리 손에는 7,000만 원이 있었지만, 서울에서 그 돈으로 아기와 함께 살 수 있는 공간을 구할 수는 없었습니다.

"울산에 집이 있는데, 할머니 혼자 사셔. 이층집이니까 할머니가 1층에 사시고, 우리가 2층에 살면 되지 않을까?"

생태학에는 니체Niche라는 개념이 있습니다. 생태계 안에서 생물이 차지하는 '지위'를 의미합니다. 먹이사슬에서의 위치, 온도, 빛, 수분 등 모든 조건이 그 생물의 '니체', 즉 그 생물이 있어야 하는 자리를 말합니다. 그래서 '생태자리'라고 이야기합니다.

우리의 니체는 어디일까요? 우리는 가까운 곳에 숲이 있어야 행복할
것 같았고, 인구 밀도가 낮은 곳이면 더 좋을 것 같았습니다. 우리의 지식
과 경험으로 숲의 문제와 마주할 수 있는 곳을 원했습니다. 우리는 좋아
했던 식당에서 마지막 식사를 했습니다. 그리고 우리는 우리의 니체를 찾
아 서울을 떠났습니다.

저는 대학 입학 후 15년을 서울에 살았고, 아내는 17년을 서울과 수도권에 살았습니다. 울산이 저에게는 고향이었지만, 아내에게는 그저 낯선 땅이었습니다. 우리에게 서울을 떠난다는 것은 어떤 의미였을까요?

우리는 숲을 공부한 사람들이었고, 우리 앞에는 양 갈래 길이 있었습니다. 서울에 남아 박사 학위를 마무리하고 연구원이나 학교에서 연구자의 삶을 사는 일반적인 길이 있었고, 서울을 떠나 지역에서 숲의 문제를 마주하는 활동가의 삶이 있었습니다. 우리는 더 의미 있다고 생각하는 활동가의 길로 들어서는 것을 선택했습니다. 무엇보다 숲에 더 가까운 일이라 좋았습니다.

우리의 새 보금자리는 울산의 강가에 있는 주택이었습니다. 봄에는 강변을 따라 벚꽃이 흐드러지게 피고, 가을에는 커다란 은행나무가 노오란 은행잎을 끝도 없이 떨어뜨리는 곳이었습니다. 울산에는 넓은 숲이 있었지만, 숲의 생태와 기후 변화에 관한 전공자가 거의 없었습니다. 우리는 서울에서 살 때보다 많은 일들을 할 수 있으리라 기대했습니다. 우리 앞에는 울산의 숲과 강과 바다가 펼쳐져 있었습니다.

새로 이사 온 집에는 할머니가 살고 계셨습니다. 할머니는 늘 정해진 시간에 긴 산책을 하는 분이셨습니다. 할머니는 기꺼이 우리에게 공간을 내주셨고, 우리는 할머니의 식사를 챙겼습니다. 할머니와 함께 사는 것은 그리 간단한 일이 아니었습니다. 글로 배운 우리의 육아 방식은 할머니가 이해하기 어려웠고, 수많은 친척 어른들이 예고 없이 집을 방문했습니다. 집은 휴식의 공간이 아니었고, 우리는 2년 만에 그 집을 떠나게 되었습니다.

텃밭이 있는 식탁

국수를 먹으러 간 시골 식당의 마당에서도 산들이는 또 달립니다. 식당 앞 텃밭에서 고추와 이런저런 채소가 자라고 있다면, 그리고 그 채소가 식탁에 올라온다면 그 식당은 좋은 식당임에 틀림없습니다. 식재료의 생산과 유통 과정에서 발생하는 탄소발자국을 최소화할 수 있기 때문입니다. 텃밭이 있는 식당은 훌륭하고 낭만적입니다. 고추의 매운맛을 섬세하게 조절할 수 있고, 쌈 채소가 억세지기 전에 뜯을 수 있습니다. 허브를 키워 새로운 요리와 음료를 만들 수도 있고, 꽃을 키워 식탁을 장식할 수도 있습니다. 텃밭과 숲이 가까운 삶은 우아하고 아름답습니다.

식당 앞 텃밭에서 봉선화를 발견했습니다. 이제 꽃은 거의 다 져서 손톱을 물들일 수 있는 계절은 아니지만 잘 익은 열매가 잔뜩 달렸습니다. 봉선화의 열매는 '손대면 토옥 하고' 터집니다. 산들이는 터지는 열매가 꽤 재미있나 봅니다. 돌아다니면서 유심히 관찰하고 잘 익은 열매를 찾아서 조심스레 터트립니다. 올해는 놓쳤지만 다음에는 봉선화 꽃물을 들여봐야겠습니다.

아내가 운영하는 백년숲 사회적협동조합에는 '고기 없는 날'이 있습니다. 이날은 매주 월요일 점심에 직원들끼리 근처 오일장에서 사 온 재료들을 가지고 요리를 만들어 먹는 날입니다. 양배추를 찌고, 소면을 삶고, 두부를 굽습니다. 아내님께서는 채식이 좋으셨던 모양입니다.

"나 비건이 되어 볼까 해."

저는 참지 못하고 아내님께 화를 내고 말았습니다.

"야! 밥은 내가 하는데, 비건은 네가 하냐? 장을 내가 보는데, 네가 비건을 어떻게 하냐고! 상을 두 번 차리라는 거야? 반찬 투정하는 거야?"

그렇습니다. 메뉴는 주부 마음입니다. 우리 집의 주부는 접니다.

'그래도 혹시 집에 비건 손님이 오실 수는 있으니까….'

메밀면을 사다가 막국수를 만들어 봅니다. 메밀 비율이 높은 면을 사서 삶아 냅니다. 간장, 설탕, 식초, 채소 육수를 섞어 소스를 만듭니다. 쪽파와 무를 예쁘게 썰고, 깨와 김을 믹서에 갈아서 얹습니다. 마무리로 들

기름을 넉넉하게 뿌립니다. 굉장히 훌륭한 맛과 향을 가진 비건 레시피가 완성되었습니다. 비건이 되려고 하는 것은 아닙니다. 그냥 들기름 비빔면이 좋아서 만들어 놓고 보니 비건 레시피였을 뿐입니다. 면과 기름은 좋은 것을 쓰세요. 메밀과 들기름의 향을 더 풍성하게 즐기실 수 있을 거예요.

오일장의 탄소발자국

"산들아, 오늘 장날이야! 장에 가지 않을래?"

우리 가족은 산들이가 태어나기 전부터 전통시장을 사랑했습니다. 백년숲 사회적협동조합이 있는 다운동에는 5일마다 장이 열립니다. 산들이는 장에서 호떡과 튀김과 순대, 떡볶이를 사 먹습니다. 아빠는 청양고추가 들어간 부추전에 막걸리를 마십니다. 엄마는 오븐에 구워 먹기 좋은 채소와 버섯을 삽니다. 제가 쓰는 돈이 마을 할머니들의 주머니 속으로 들어갔으면 좋겠습니다.

우리는 장에서 다양한 채소를 삽니다. 장에 갈 때는 비닐봉지를 쓰지 않기 위해 장바구니나 에코백을 가져갑니다. 포장돼 있지 않은 채소들을 살 수 있으니 분리 배출을 고민할 필요도 없습니다. 채소들을 유심히 보고 해외나 먼 곳에서 온 듯한 채소들보다는 근처 텃밭에서 온 친구들을 고릅니다. 우리는 포장재를 만들고, 포장하고, 버리면서 배출되는 탄소를 줄이고, 먼 거리를 운송하면서 배출되는 탄소를 줄입니다. 채소를 많이 먹으면 고기를 만들면서 배출되는 탄소도 줄일 수 있습니다. 장에 갈 때 걸어가야 하니 차량이 배출하는 탄소도 줄일 수 있습니다. 우리는 시장에서 많은 것들을 줄이고, 많은 것들을 얻을 수 있습니다.

산들이는 작은 앞니로 옥수수를 잘도 갉아먹습니다. 옥수수는 우리가 살아가는 세상을 떠받치는 아주 중요한 작물입니다. 사람이 직접 먹기도 하지만 대부분의 옥수수는 콩과 함께 사료 작물로 쓰입니다. 닭, 돼지, 소, 양 등 거의 모든 가축들이 옥수수 중심의 사료를 먹고 자랍니다. 옥수수는 이산화탄소를 흡수해 탄수화물을 만들고, 가축들은 옥수수를 먹고 단백질을 만듭니다.

우리는 옥수수에서 기름도 뽑고, 액상과당도 추출합니다. 양념치킨에 들어가는 닭, 닭을 튀기기 위한 기름, 달콤한 양념을 만들기 위한 액상과당 모두 옥수수에 기반합니다. 탕수육도, 스테이크도 모두 옥수수에서 출발해 만들어지는 음식들입니다. 옥수수를 고기로 바꾸는 데는 많은 시간과 에너지, 물과 땅이 필요하고, 그 과정에서 이산화탄소와 메탄이 발생합니다. 옥수수는 옥수수로 먹는 것이 좋습니다.

아빠의 바쁜 주방

산들이가 자라는 동안 육아는 주로 아내가, 가사는 주로 제가 담당했습니다. 가사노동은 근력과 지구력이 꽤나 필요합니다. 무거운 스테인리스와 무쇠팬을 박박 닦아야 하고, 산 꼭대기까지 식재료를 날라야 하고, 폐기물 배출도 힘든 일입니다. 전업주부는 여성보다는 남성에게 어울리는 직업이 아닐까요?

전통시장에서는 신선한 채소들을 저렴한 가격에 판매하지만, 적은 양을 팔지는 않습니다. 세 가족이 먹기에는 늘 양이 많습니다. 그래서 저는 전통시장에서 산 채소들로 반찬을 잔뜩 만든 후에 마을 사람들과 나눠 먹기로 했습니다. 동네 맘카페 게시판에 글을 올려 반찬을 나눠 먹는 모임을 제안했습니다. 월 2회 정도 만나 가볍게 안부를 묻고 각자 만든 반찬을 교환했습니다. 아저씨가 제안하는 반찬모임은 좀 이상하긴 했지만, 주부들은 좋아했습니다. 어쨌든 우리의 식탁은 풍성해졌으니까요.

"산들아, 어른이 된다는 건 비엔나소시지를 마음껏 먹을 수 있다는 거란다. 세 개? 아니, 다섯 개? 아니, 열 개도 먹을 수 있다는 뜻이지!"

오일장에서 산 채소들을 씻어서 껍질을 벗깁니다. 감자와 양파, 고구마와 마늘, 가지와 브로콜리 등 넣고 싶은 채소를 다 넣습니다. 기름과 소금, 후추를 넉넉히 뿌려 버무린 뒤에 무쇠팬에 담습니다. 칼집을 넣은 비엔나소시지와 치즈를 얹고 예열된 오븐에 넣습니다. 20분을 기다리는 동안 식탁을 정리하고 다른 음식들을 차려 냅니다. 가까운 지역에서 자란 못난이 채소들은 재배와 운송 과정에서 발생하는 탄소의 양을 줄여 줍니다. 돼지고기 비율이 높은 비엔나소시지는 식탁이 지나치게 건강해지는 것을 막아 줍니다. 몸에 건강한 건지 해로운 건지 애매한 음식이 완성됐습니다.

산들이 친구들이 놀러 왔습니다. 점심 메뉴는 닭구이로 결정했습니다. 닭을 꺼내 가위

로 척추를 자르고 가슴을 눌러 납작한 모양으로 만듭니다. 잘라 낸 척추는 냉동실에 넣어 두었다가 나중에 육수용으로 요긴하게 쓸 예정입니다. 기름샘과 지방 부스러기, 날개 끝을 잘라 정리합니다. 소금과 후추를 넉넉하게 뿌리고, 오븐에서 구워지는 동안 수분이 날아가지 않게 기름을 골고루 발라 줍니다. 오븐에 넣고 닭이 익는 동안 함께 익힐 채소들을 준비합니다. 닭이 익어 가는 중간에 잠시 꺼내 빨리 익는 채소들을 넣고 다시 익힙니다. 고기의 상태를 확인하면서 30분 정도 익힙니다. 잘 익은 닭을 오븐에서 꺼내 산들이 친구들에게 가져갑니다.

"아저씨, 저는 채소 싫어요! 고기만 주세요!"

편식하는 친구가 있습니다. 제가 봐도 채소가 좀 덜 익은 것 같기는 합니다. 애매한 채소는 나중에 스튜나 카레에 넣으면 되니까 문제없습니다.

"다리 먹을 사람?"

"저요! 저요!"

아이들은 저마다의 취향대로 다리 살과 가슴 살을 나눠 먹습니다.

"오, 촉촉해! 촉촉해!"

소금, 후추, 기름 정도만 들어간 건강한 요리입니다. 후식으로 아이스크림을 먹으려면 일단 건강한 요리로 양심의 가책을 좀 줄여 둬야 합니다.

제 부엌에서 테플론 코팅 알루미늄팬이 사라진 지 10년이 지났습니다. 그 자리는 스테인리스팬과 무쇠팬이 차지했습니다. 코팅팬보다 무겁고, 비싸고, 예열을 하는 과정도 귀찮고 까다롭습니다. 그러나 더 안전하고, 무엇보다 높은 온도에서 조리할 수 있어서 음식이 더 맛있습니다. 벗겨질 코팅이 없기 때문에 반영구적으로 쓸 수 있습니다. 중고 거래도 꽤 활발하고 가격적인 부담도 없습니다. 손잡이도 금속이기 때문에 가스레인지에서 조리하다 바로 오븐에 넣을 수도 있습니다. 버릴 일은 거의 없겠지만 버릴 때도 구조가 단순해서 재활용이 쉽습니다. 아무리 칭찬해도 부족하지 않습니다. 무거워서 설거지가 어려우시다고요? 힘든 일은 힘센 사람에게 부탁하세요. 그리고 칭찬과 감사를 전하세요. 그게 공생입니다.

언제나 우리에게 멋진 요리를 제공하는 가스오븐입니다. 오븐의 전 주인은 결혼할 때 혼수로 오븐을 샀는데 이사를 다니다 보니 빌트인 인덕션레인지가 있는 집에 살게 되었다고 합니다. 오븐은 베란다로 가게 되었고, 2년이 지난 어느 날 오븐을 팔기로 결심했다고 했습니다.

"얼마 드리면 될까요?"

"돈은 됐고, 오실 때 애들 먹을 과자나 좀 사다 주세요."

그렇게 우리는 '과자 열 봉지'로 멋진 가스오븐을 구입했습니다. 고기도 굽고, 채소도 굽고, 빵도 굽고, 과자도 굽습니다. 옥수수와 감자도 굽습니다. 에어프라이어는 없지만 가스오븐은 우리에게 언제나 훌륭한 저녁을 약속합니다.

저는 제 영역이 명확하고, 일정한 패턴대로 움직이며, 예측 가능하고 무난한 삶을 살아가는 필부입니다. 매일 설거지를 하는 사람이고, 싱크대에 그릇이 쌓여 있으면 마음이 불편합니다. 어느 날 설거지를 하려는데 이질적인 형태의 무언가가 싱크대에 놓여 있었습니다. 이끼가 잔뜩 낀 돌이었습니다.

"박사님, 이게 뭐죠?"

"이끼요! 예뻐서 가져왔어요! 목요일에 제로웨이스트숍 매장에 갖다 놓을 거예요!"

저는 절레절레 고개를 저으며 이끼가 말라 죽지 않게 물을 줍니다.

'아니, 도대체 저걸 왜 주워 오는 거야… 하.'

아내님은 영역이 모호하고, 패턴이 난해하며, 예측하기 어려운 일들에 발을 훅 들여놓습니다. 하지만 늘 좋은 마음으로 하시는 일이니까 그러려니 하고 넘어갑니다.

아이가 즐거우니, 숲도 즐겁다

서울과 달리 울산의 동네 공원은 늘 한산했습니다. 많은 낙엽들이 있었고, 그 낙엽들은 산들이의 좋은 장난감이 되어 주었습니다. 낙엽을 하늘로 던져 비처럼 맞는 놀이를 하다 지치면, 낙엽을 모아 산처럼 쌓고 그 위에 앉아서 놀거나 낙엽 안에 숨었습니다. 낙엽은 포근했고, 하늘은 파랬습니다. 가을이었습니다.

아내 한새롬 박사님은 여성 생태학자인 마거릿 D. 로우먼의 책을 좋아하고, 나무 위의 삶을 꿈꿨습니다. 나무 위에서 책을 읽는 것을 좋아하고, 슬프고 힘들 때는 나무 위에 올라

혼자 울었습니다. (웅?) 산들이는 한새롬 박사님의 딸로 태어나 자랐습니다. 누워서 자라는 가지만 보면 그 위에 앉아서 놀았고, 어느덧 산들이도 나무 위에 오르기를 좋아하는 어린이가 되었습니다. 산들이는 아홉 살이 되었지만 여전히 나무에 올라가는 것을 좋아합니다. 한 박사님은 마흔 살이 되었지만 여전히 나무에 올라가시는 것을 좋아하십니다. 여전히 나무에 걸린 그네를 사랑하고, 나무에 줄을 걸고 올라가는 것을 상상합니다. 크고 튼튼하게 가지를 뻗은 나무를 발견하면 아마 그 위에 올라가 눕거나 걸터앉아 책을 읽을 거예요. 우리는 크고 멋지게 자란 나무를 사랑하고, 그 나무 아래에서 보내는 시간을 사랑합니다.

연꽃이 자라는 지리산 실상사 옆 습지입니다. 습지는 다양한 수서곤충과 물고기와 다슬기와 개구리, 도롱뇽, 그리고 새들의 서식지입니다. 습지는 존재만으로 생물 다양성의 보고가 됩니다.

습지는 산들이에게도 좋은 놀이터입니다. 산들이는 나뭇가지를 집어 들고 개구리를 놀려 주거나, 작은 수초를 꺼내 관찰하거나, 물을 휘저으며 시간을 보냅니다. 우리는 습지를 매립해 평평한 땅을 만들거나 복개천을 만들어 땅속으로 숨겨 버림으로써 인간만 물을 누릴 수 있게 만들어 버립니다. 다양한 생물들이 물의 순환 위에서 함께 살아갈 수 있기를 바랍니다.

건강한 마을공동체를 꿈꾸는 사람들이 실
상사에 모여 워크숍을 열었습니다. 각자 마을
의 고민을 이야기하고, 공동체의 작은 성공의
사례들을 나누었습니다. 하지만 산들이는 마
을공동체 이야기에는 별로 관심이 없습니다.
세차게 내리는 빗속에 나가 놀고 싶은 모양입
니다. 비옷을 입은 산들이는 숙소 앞 웅덩이로
달려나갑니다.

"웅덩이! 웅덩이! 야호! 야호!"

산들이를 보기 위해 사람들이 대청마루로
나와 앉습니다.

산들이는 행복했고, 행복한 산들이를 바라
보는 사람들도 행복했습니다. 세탁을 담당하
고 있는 아빠의 마음은 무너졌습니다.

'저럴 거면 비옷을 왜 입었나. 아이고, 내 딸,
진짜….'

이것저것 재지 않는 산들이의 행복이, 밝은
마음이 예쁘고 또한 부럽습니다. 지리산의 비
는 산과 들을 적시고 김산들을 적셨습니다.

　비가 그친 지리산 실상사의 아침입니다. 끝없이 펼쳐진 지리산의 숲은
우리를 평안으로 안내합니다. 비에 젖은 산들이의 빨래들은 제 마음에 파
문을 일으키지만, 괜찮습니다. 현대과학은 우리에게 세탁기와 건조기를
선물했으니까요. 대자연을 적시는 비도, 산들이의 빗속 나들이도, 젖은
빨래도 모두 좋습니다.

"민들레 홀씨보다 민들레 씨앗이 더 맞는 말이래."

사진을 보며 단어 선택을 고민하고 있는 저에게 산들이가 해 준 이야기입니다. 민들레 씨앗은 언제나 산들이의 좋은 친구였습니다. 산들이는 잘 마른 민들레 씨앗을 구분할 줄 알았고, 늘 민들레 씨앗을 불며 놀았습니다. 민들레 씨앗을 불어 아빠 옷에 붙이며 노는 산들이입니다. 아빠는 옷에 붙는 민들레 씨앗을 좋아하지 않았지만, 산들이에게는 그것도 즐거움입니다.

산들이와 봄의 숲으로 나갔습니다. 산들이는 빈 컵에 마음에 드는 꽃과 풀, 나뭇가지와 낙엽을 담습니다. 마음에 드는 돌과 모래도 조금 넣습니다.

"컵에 봄을 담았어!"

산들이는 소중하게 담은 봄을 온종일 들고 다닙니다. 꽃은 이내 시들었지만 산들이가 담은 봄은 사진으로 오래 남았습니다.

벚나무와 참나무가 자라는 숲에서 산들이는 푹신한 낙엽을 모으느라 바쁩니다. 오늘도 산들이는 낙엽을 잔뜩 모아서 푹신한 침대를 만들 모양입니다. 엄마와 아빠는 나무 아래 앉아서 쉬고, 산들이는 이리저리 왔다 갔다 하면서 낙엽을 모읍니다. 이 숲에는 좋은 낙엽이 정말 많아서 아주 빠르게 낙엽 언덕을 만들 수 있었습니다.

산들이는 푹신한 낙엽 속으로 쏙 들어갔습니다. 낙엽에서 놀고 있는 산들이의 사진을 본 동료가 물었습니다.

"걱정되지 않으세요?"

"뭐가요?"

"아이가 저렇게 낙엽 속에서 뒹굴고 놀면 벌레를 만난다거나…"

"오히려 좋아할 걸요?"

"네?"

"낙엽 속에서 예쁜 곤충을 만나면 산들이는 더 좋아할 거예요. 보세요."

산들이는 푹신한 낙엽 언덕 위로 뛰어들거나, 낙엽 위를 데굴데굴 구르며 놀았습니다. 옷 속이나 주머니에 낙엽이 조금 들어가긴 했지만, 아빠가 털면 되니까 큰 문제는 아닙니다. 산들이는 푹신하고 좋은 냄새가 나는 낙엽 위를 굴러다니느라 행복했고, 엄마와 아빠는 나무 그늘 아래에서 조용히 쉴 수 있으니 행복했습니다. 우리는 나무 아래에서 쉬면서 따스한 봄날의 오후 시간을 보냈습니다.

"이것 봐. 아주 작은 솔방울이야."

한 박사님은 작고 귀여운 열매를 지나치지 못합니다. 주워서 산들이에게 보여 주고, 다정하게 설명해 줍니다.

"저쪽에 많아."

아빠는 심드렁하게 거들면서 주변에 있는 큰 솔방울들을 주워 옵니다. 우리는 솔방울을 모아서 예쁜 모양을 만들거나, 던지고 놉니다. 그리고 예쁜 솔방울 두세 개를 주워 주머니에 넣어 집으로 가져옵니다. 산들이 방에 자질구레한 것들이 자꾸자꾸 늘어납니다.

숲에는 장난감이 많습니다. 나뭇가지도 있고, 나뭇잎도 있습니다. 열매도, 낙엽도, 돌도, 흙도 산들이에게는 좋은 장난감입니다. 나뭇가지로 기둥을 세우고, 잎으로 지붕을 얹었습니다. 돌멩이와 나무 열매로 집을 장식했습니다. 멋진 집이 완성되었습니다. 집을 지을 때마다 점점 솜씨가 좋아집니다. 언젠가 우리는 바워새bowerbird의 둥지처럼 멋진 집을 지을 거예요.

숲속에 있는 계곡으로 가족 여행을 떠났습니다. 아빠는 자주 짓궂은 장난을 치지만 엄마는 그렇지 않습니다. 엄마는 항상 다정하고 따뜻하게 산들이를 대합니다. 하지만 물가에서는 상황이 다릅니다. 젖는 게 싫은 아빠는 물에 들어가지 않습니다. 숲에 온 것이 신난 엄마는 장난기가 발동합니다. 차가운 물 한 바가지 촤아악!

"꺄하하하하하하하!"

산들이가 즐거워하는 것을 보니 저도 좋습니다. 비가 오면 숲의 토양은 스펀지처럼 물을 잔뜩 머금었다가 계곡으로 천천히 흘려보냅니다. 빗물에 섞인 자질구레한 것들은 토양 속 진흙 입자에 의해 걸러지기 때문에 맑은 물만 계곡으로 흘러 나가게 됩니다. 계곡에 맑은 물이 흐르는 것은 숲이 있기 때문입니다. 숲이 없으면 계곡도 없고 맑은 물도 없습니다.

엄마가 숲과 마을에 관한 중요한 회의에 참석한 시간, 지루함을 참지 못했던 산들이와 아빠는 조용히 회의실을 빠져나와 근처 개울가로 도망쳤습니다. 물고기를 잡는 사람들을 구경하던 산들이는 자기도 물에 뛰어들었습니다. 회의실을 비추던 햇살과 개울가를 비추는 햇살은 전혀 다른 느낌입니다. 물방울도 눈부시고 산들이의 머릿결도 눈부십니다. 엄마의 회의도 눈부셨기를 바랍니다.

아빠의 좋았던 기억을
아이에게

요즘 추수가 끝난 논에 있는 볏짚은 거의 모두 곤포 사일리지(a.k.a. 마시멜로)가 되기 때문에 겨울 논에서 볏짚을 만나기는 쉽지 않습니다. 하지만 모든 볏짚을 곤포 사일리지로 만들어 버리면 지력이 약해질 수 있기 때문에 볏짚을 일부 남겨 두기도 합니다. 조금 남은 볏짚에 붙어 있는 낟알을 먹으러 새들이 찾아오기도 하고, 볏짚을 가지고 놀기 위해 산들이가 찾아오기도 합니다. 마을의 작은 논에서 운 좋게 볏짚을 만난 산들이는 잔뜩 신이 났습니다. 볏짚을 던지면서 아빠를 괴롭히기 시작합니다.

산들이는 볏짚을 모아다가 둥지를 만들고는 그 안에 앉아서 하모니카를 꺼내 불기 시작합니다. 저 하모니카는 예전에 산들이의 할머니가 쓰시던 물건인데, 짐을 정리하다 우연히 발견한 이후로 산들이의 장난감이 되었습니다. 할머니도 저 하모니카를 불었고, 아빠도 저 하모니카를 불었고, 산들이도 저 하모니카를 붑니다. 그런데 세 사람 중에 제대로 하모니카를 불 수 있는 사람은 아무도 없습니다. 우리 가족은 음악 쪽으로는 영 재능이 없는 모양입니다. 하지만 상관없습니다. 잘하지 못해도 좋아할 수는 있으니까요.

겨울 논의 볏짚은 아늑한 둥지이고, 음악실이고, 침대입니다. 산들이는 이제 편하게 누워서 하모니카를 불다가 눈을 감습니다. 따스한 겨울 햇살을 받으며 포근한 볏짚침대 위에서 잠깐 졸아도 좋습니다. 제가 어릴 때는 논에 잔뜩 쌓여 있던 볏짚으로 집을 짓고 놀았는데, 그 포근한 느낌이 아직도 기억납니다. 좋은 기억을 산들이에게 물려주지 못하는 것이 안타까웠는데, 오늘의 볏짚놀이로 마음이 조금 풀렸습니다. 언젠가 제 논이 생기면 그 논에서는 볏짚을 거두지 말아야겠습니다.

　뭔가를 감쌌던 보자기 같은데, 산들이를 감싸니 다른 용도가 생겼습니다. 보자기는 산들이에게 용기를 주었고, 산들이는 더 빨리 달리고 더 높이 뛸 수 있게 되었습니다. 달릴 때 망토가 펄럭거리는 느낌이 마음에 들었는지 산들이는 달리고 또 달렸습니다. 슈퍼맨 같은 히어로물을 보고 자란 아이가 아닌데도 저러는 것을 보면 망토는 뭔가 사람을 빨리 달리게 하는 신비한 힘이 있나 봅니다.

풀밭 행복

전라남도 담양에서 발견한 풀밭입니다. 토끼풀은 많고, 사람은 적습니다. 어느새 아내님과 산들이는 신발을 벗었습니다. 백합나무 이파리에 구멍을 뚫어 눈코입을 만들고는 인형극을 합니다. 나뭇잎 한 장 들고는 두 사람 다 재미있는 모양입니다. 스마트폰이 없어도, 게임기가 없어도, 거창한 장난감이 없어도 즐거운 시간을 보낼 수 있습니다. 산들이와 아내님은 시간 가는 줄 모르고 풀밭에서 웃고 있습니다. 행복에는 많은 것이 필요하지 않습니다.

토끼풀로 반지와 팔찌를 만들었습니다.

"산들아, 이건 별꽃이야. 별처럼 생겨서 붙인 이름이야. 이름 예쁘지? 별꽃의 꽃잎이 몇 장인지 세어 볼래?"

"하나, 둘, 셋, 넷… 열 장?"

"사실은 다섯 장이지롱!"

작은 꽃잎 하나를 뜯어 두 장처럼 깊게 갈라진 모양을 보여 줍니다.

"보이니? 이렇게 깊게 갈라진 꽃잎 다섯 장이 모여 있으니까 열 장처럼 보이는 거란다."

작은 꽃에 관한 시시콜콜한 이야기를 하며 풀밭에서 시간을 보냅니다. 봄날 오후의 풀밭에서는 시간이 느리게 흐릅니다.

　　아내님과 산들이는 맨발로 풀밭을 달립니다. 두 발로도 달리고, 네 발로도 달립니다. 앉아서 놀고, 누워서 쉬고, 데굴데굴 구르며 웃습니다. 하지만 저는 양말을 벗지도 않고, 풀밭에서 구르지도 않습니다. 대신 저는 두 사람의 사진을 찍습니다. 두 사람은 풀밭을 달리며 행복했고, 저는 두 사람의 행복을 기록하며 행복했습니다. 우리는 풀밭에서 각자의 방식으로 행복했습니다.

'등의 상처는 검사의 수치다.'라는 문장이 있습니다. 등의 풀물은 생태학자의 영광입니다. (전혀 아님.) 잔디밭에 누워 흙냄새와 풀냄새를 맡고, 부드러운 오후의 햇살을 즐깁니다. 팔다리에 힘을 빼고, 숨을 천천히 쉬다 보면 잠시 등걸잠에 빠지기도 합니다. 하지만 걱정거리가 많은 아빠가 되어 버린 지금은 잔디밭에 눕지 않습니다. 유행성 출혈열, 쯔쯔가무시병, 렙토스피라증, 진드기는 생태학자라고 피해 가지 않습니다. 아빠는 아프면 안 됩니다.

"엇! 거기 멈춰! 지금이야!"

주차장에 차를 대고 짐을 챙겨 내리는 순간 저녁노을이 예사롭지 않음을 느낍니다. 급히 카메라를 꺼내 아내님의 사진을 찍습니다. 이른 아침과 해 질 무렵의 부드러운 빛은 늘 좋은 사진으로 돌아옵니다. 카메라를 가지고 다녀서 참 다행입니다. 최고의 카메라는 내 손에 있는 카메라, 최악의 카메라는 내 손에 없는 카메라입니다.

아내의 사진을 찍으려고 카메라를 꺼냈지만, 산들이를 아내 뒤로 완전히 가리지 못했습니다. 아내의 사진이지만 아내 뒤로는 산들이가 있고 카메라 뒤로는 제가 있습니다. 가족사진입니다. 사진첩에는 대부분 아내와 산들이의 사진들이 들어 있습니다. 산들이 할머니는 늘 제 사진이 없는 걸 아쉬워하시지만, 카메라 뒤에 제가 있다는 사실을 저는 알고 있습니다.

　한 박사님은 소심하고 조용한 성격이지만 숲에 가면 조금 당당해지는 모양입니다. 눈은 빛나고 표정이 단단해집니다. 20대에 『멋지다! 마사루』라는 만화에 심취했던 한 박사님은 콧수염에 대한 동경이 있습니다. 아마 저 정도 길이의 콧수염을 원하시는 것 같습니다. 제주 사려니숲길의 삼나무는 한 박사님에게 콧수염을 선물했습니다.

장내 미생물까지 물려받는다

우리는 사이좋게 앉아서 책을 읽습니다. 산들이는 하루 중 많은 시간을
책을 읽으며 보냅니다. 다양한 책을 읽고 또 읽습니다. 하지만 아빠는 책
을 거의 읽지 않기 때문에 산들이와 아빠가 함께 책을 읽는 모습은 아주
귀합니다. 아빠는 책을 읽다가 지루해지면 산들이에게 말을 겁니다. 산들

이는 책을 읽고 있을 때에는 다른 사람의 이야기를 잘 듣지 못합니다. 아빠의 방해도 산들이의 독서를 막지는 못합니다.

가족 여행을 떠날 때 짐 중에서 가장 많은 무게를 차지하는 것은 산들이의 책입니다. 전자책과 아이패드를 주면 되지 않냐고요? 전자책과 아이패드로 가장 많은 책을 읽는 사람도 김산들입니다. 말리기엔 책을 좋아하는 산들이의 마음이 너무 크고, 원하는 만큼 들어 주기엔 짐이 너무 무겁습니다. 산들이가 좀 더 자라서 아빠처럼 책을 멀리하는 시기가 오기를 기다려 봅니다.

아빠는 책을 읽을 때 미간을 찌푸립니다. 심각한 내용을 읽고 있어서 그런 것도 아니고, 책 읽는 시간이 너무 힘들어서 그런 것도 아닙니다. 그냥 그렇게 생겨서 그런 겁니다. 그 사실을 산들이를 낳고 기르면서 알게 됐습니다. 아빠는 미간의 근육이 발달했고, 항상 그 부분이 긴장돼 있습니다. 산들이도 똑같습니다. 빵처럼 얼굴이 동그란 산들이도 책을 읽을 때 미간을 찌푸립니다. 부모는 자식에게 많은 것을 물려줍니다.

"그 책은 어린이가 읽기에는 좀⋯."

미용실에서 차례를 기다리기 지루했던 산들이는 아빠가 읽던 책을 가져가 읽기 시작합니다. 영장류학자 프란스 드 발Frans De Waal의 위대한 책인 『침팬지 폴리틱스』입니다. 침팬지들의 협력과 분쟁, 야망과 처세에 관한 재미있는 이야기들이 많습니다. 폭력적인 내용이 꽤 많고, 성 선택에 관한 내용들도 있어서 산들이가 읽기에는 좀 이르다고 생각했는데, 산들이는 재미있었나 봅니다. 침팬지 폴리틱스 이야기에서 출발해 학교 친구들의 무리짓기와 허세, 싸움에 관한 이야기를 합니다. 우리는 침팬지와 다르지만, 또한 같습니다.

글을 쓰고 있는 지금, 세계에서 가장 많은 카메라를 파는 회사는 삼성과 애플입니다. 사람들은 이제 스마트폰으로 사진을 찍습니다. 자연스레 어린이들은 고전적인 형태의 카메라를 잡을 기회가 별로 없습니다. 저는 스마트폰보다는 옛날 카메라를 써서 사진을 찍는 것을 더 좋아합니다. 어느새 산들이는 엄마와 아빠의 사진을 찍어 줄 수 있는 훌륭한 어린이로 자랐습니다. 기록은 기억을 지배합니다. 산들이가 찍은 사진들이 산들이의 좋은 기억을 만들고 좋은 삶을 만드는 토대가 되기를 바랍니다.

빵처럼 하얀 엄마와 커피처럼 까만 아빠를 섞어 만든 산들이는 이제 어린이입니다. 엄마와 아빠의 유전자를 절반씩 물려받았습니다. 엄마와 아빠는 유전자만 물려주는 것이 아닙니다. 산들이는 엄마처럼 그림을 그리고, 아빠처럼 사진을 찍습니다. 우리의 말투와 행동, 취향과 습관, 장내 미생물까지 물려받습니다. 우리의 모든 것, 김산들입니다.

나무가 마을을 지킨다

"아이를 키우려면 마을이 필요하다는 말 있잖아….."

"응."

"아이를 키워 보니까 말이야, 그게 마을 단위의 노동력이 필요하다는
이야기인 것 같아. 너무 힘들어."

"그죠. 고생이 많으십니다."

저와 아내는 생태학 전공자입니다. 우리는 숲에서 만났고, 숲 가까이
살았으며, 숲 가까운 곳에서 아이를 낳아 길렀습니다. 우리는 늘 숲과 가
까운 마을, 큰 나무가 있는 마을을 찾고 있습니다.

　　울산광역시 울주군 상북면 소호마을에는 100년이 넘은 소호분교가 있습니다. 소호분교의 운동장에는 정말이지 거대한 느티나무가 있습니다. 느티나무는 학교의 중심이고, 마을의 중심이며, 사람들 마음의 가운데에 자리 잡고 있습니다. 원앙이 둥지를 트는 느티나무는 수많은 새와 곤충과 어린이와 어른들의 보금자리가 되어 줍니다.

　　"그래! 아이는 이런 곳에서 키워야지!"

　　느티나무를 본 김미진 선생님은 아이를 데리고 소호마을로 이사를 왔고, 몇 년 뒤에는 교사 생활도 그만두고 마을에서의 삶에 매진하셨습니다. 수많은 이야기들이 이 느티나무에서 시작되었습니다. 나무는 학교를 지키고, 마을을 지키고, 사람들의 삶을 틔워 냅니다.

　궁근정초등학교는 2016년에 폐교되었습니다. 이곳은 지금 마을교육공동체 거점센터, 땡땡마을로 다시 태어났습니다. 땡땡마을은 마을 사람들과 학생들이 서로 가르치고 배우며 성장하는 곳입니다. 땡땡마을이 만들어지는 과정은 결코 순탄하지 않았습니다. 사람이 없는 시골 학교에 예산을 투자하는 것은 낭비라는 시의회를 설득하는 데 오랜 시간이 걸렸습니다. 폐교를 다시 마을의 중심으로 만들기 위한 김미진 선생님과 마을 활동가들의 노력과 헌신에 마침내 교육청이 응답했습니다. 수많은 주민과 학생들이 김미진 선생님을 통해 연결됐습니다. 생태계의 구조를 결정하는 종을 우리는 핵심종keystone species이라고 부릅니다. 김미진 선생님은 마을의 구조를 결정하는 핵심 인물입니다. 우리는 이런 소중한 분들이 지속 가능하게 이타적인 삶을 살 수 있도록 지켜 줘야 합니다.

울산마을교육공동체 거점센터, 땡땡마을에서는 마을 주민들이 선생님입니다. 몸놀이터에서 요가를 배우고, 흙놀이터에서 도예를 배웁니다. 나무놀이터에서는 목공을 배우고, 요리놀이터에서는 요리와 제빵을 배웁니다. 가르치는 선생님들은 마을의 청년들과 어른들이고, 배우는 사람들은 어린이들입니다. 옛날이야기와 놀이를 가르치고, 김치나 고추장 담그는 법을 가르치기도 합니다. 꿀벌을 기르거나 반딧불이를 기르기도 합니다. 4학년 언니가 1, 3학년 동생들에게 음악줄넘기를 가르치기도 합니다. '누구나 ○○교실'을 열고 싶으면 그냥 손을 들면 됩니다. 마을 교사들이 성장하면 마을도 더 아름다운 곳이 됩니다.

　　소호마을에는 시골 언니들이 살고 있습니다. 도시에서의 삶에 지친 청년 여성들이 시골살이를 꿈꾸더라도 낯선 시골에서 새 삶을 시작하는 것은 결코 호락호락하지 않습니다. 시골 언니들은 시골 생활을 꿈꾸는 청년 여성들을 위한 안내자가 되어 줍니다. 산촌 유학, 마을공동체 기반의 체험 휴양 마을, 소호 산촌 협동조합 등 산촌 생활의 다양한 면면들을 보여 줍니다. 함께 명상을 하고, 목공을 하고, 그림을 그립니다. 물놀이를 하고, 산책을 하며, 밤늦게까지 이야기를 나눕니다. 청년 여성들이 산촌에 뿌리내리고 행복한 새 삶을 마주하기를 바랍니다.

　숲은 마을의 울타리이고, 학교의 울타리이며, 우리 삶의 울타리입니다. 그리고 우리 주변의 소중한 사람들 또한 우리 삶의 울타리입니다. 사람들은 숲에서 일을 하고, 돈을 벌고, 마음의 평화를 찾습니다. 작은 씨앗이 숲의 큰 나무로 뿌리내리는 것처럼 산들이도 좋은 어른이 되어 좋은 마을에 뿌리내리기를 바랍니다. 그리고 작은 숲의 어린이들을 만나 좋은 울타리가 되어 줄 수 있기를 바랍니다.

　우리 가족은 늘 자연이 가까운 시골에서의 삶을 동경해 왔습니다. 하지만 삶의 무대를 시골로 옮길 만큼의 용기는 없습니다.

　'산들이 학교는 어쩌지?', '단열은?', '주택의 유지 비용은?', '출퇴근은?', '출구 전략은?'

　걱정은 끝이 없습니다. 마음이 맞는 사람들끼리 돈을 모아 시골집을 공유 공간으로 만들었습니다. 각자 조금씩 청소하고, 수리하고, 정원을 가꾸고, 가끔 모여서 불을 피우고, 음식도 만들어 먹었습니다. 지금은 공유 공간의 실험이 끝났습니다만, 그 기억은 사진으로 남았습니다. 언젠가 자연과 시골집, 마을의 온기를 더 깊이 느낄 날이 오겠지요.

우리는 어떤 마을에 살아야 할까요? 충청남도 서천의 아주 작은 마을 공동체를 찾았습니다. 마을 가운데 팔각형의 목조 건물인 생태도장을 짓고, 그 주위로 네 가족이 사용할 목조 건물을 각자의 취향대로 지었습니다. 느슨하게 연결된 네 가족이 각자의 전문성을 바탕으로 마을과 지역에 기여하면서, 또 함께 아이를 키우면서 살아가고 있습니다. 그렇습니다. 우리는 마을을 만들 수 있습니다. 따뜻한 마음을 모으고, 함께 고민하고, 서로의 울타리가 되어 줄 수 있는 따뜻한 마을을 그려 봅니다.

　'착한 사람들끼리 돕고 살아야 한다'라는 주제로 꽤 오랫동안 이야기를 한 적이 있었습니다. 마음이 따뜻한 사람들은 기후 변화를 걱정하고, 생물 다양성 감소와 서식지 보전을 고민하고, 자원 순환과 폐기물 문제를 해결하기 위해 노력하고, 마을의 환경 문제를 해결하기 위한 환경 교육을 만들어 갑니다. 해결해야 할 과제들은 마치 거대한 불가능처럼 우리 앞을 가로막고 있습니다. 너무 바쁘고, 몸도 힘들고 마음도 힘든데, 밥 먹을 시간도 없고, 이렇게

사는 게 맞는 걸까 하는 생각을 매일매일 하는 사람들입니다. 자연을 사랑하는 사람들이 이타적인 일들을 계속할 수 있는 울타리가 필요합니다.

　'착한 사람들이 적어도 밥은 굶지 않으면서 우리 사회에 필요한 일을 할 수 있는 마을 식당이 있으면 좋지 않을까?'라는 생각을 해 봅니다. 우리는 서로를 보듬고, 북돋우며 또 한 걸음씩 나아갑니다.

알면,

사랑합니다

풀밭 친구들과 더 가까이

숲과 자연에서 만나는 다양한 친구들이 있습니다. 산들이가 만난 줄장지뱀은 옆선과 긴 꼬리가 아주 매력적입니다. 손목 위에서 쉬는 줄장지뱀을 오래 관찰했는데, 산들이 팔에 오줌을 쌌습니다. 장지뱀은 주로 평평한 풀밭에서 만나볼 수 있는데, 요즘 이러한 곳은 개발에 의해 훼손된 경우가 많습니다. 줄장지뱀의 서식지인 풀밭이 줄어들면 줄장지뱀 개체군의 크기도 줄어듭니다. 풀밭을 지키면 귀여운 풀밭 친구들의 행복한 삶도 지켜 줄 수 있습니다.

경상북도 포항시의 해변에서 만난 풀색명주딱정벌레(아마도?)입니다. 어느새 날아왔는지 한 박사님의 옷에 붙어 있는 것을 발견했습니다. 보통 사람이라면 기겁했겠지만 한 박사님에게는 아무런 영향을 미치지 못했습니다. 사실 생각해 보면 그렇게 놀랄 일도 아닙니다. 그냥 작은 곤충이 날아와 붙은 거니까요. 다시 날아가겠죠 뭐. 우리는 딱정벌레가 우리를 떠나기 전까지 아름다운 등껍질을 관찰했습니다.

봄입니다. 풀과 나무들은 지천으로 꽃을 피우고, 벌과 나비는 바쁘게 날아다닙니다. 사람들은 코로나19로 조심스러운 시간을 보내고 있습니다. 하지만 숲에서는 크게 걱정이 없습니다. 사람들은 아주 낮은 밀도로 존재하고, 거리두기는 자연스레 이루어집니다. 우리는 천천히 산책을 하고, 충분한 시간을 두고 꽃과 나비를 관찰합니다. 사람들의 발길이 뜸해지면 자연은 오히려 더욱 풍성하게 피어납니다.

산들이가 난생 처음 배추흰나비를 잡은 순간입니다. 이리저리 날아다니는 배추흰나비를 잡아 손안에 넣고 아빠에게 달려옵니다.

"나비! 나비!"

환희와 즐거움으로 산들이의 눈꼬리가 잔뜩 올라갔습니다. 울산의 태화강에는 유채나 갓처럼 배추흰나비 애벌레의 먹이가 되는 십자화과 식물이 풍부합니다. 나비는 이리저리 날아다니며 꽃가루를 옮기고, 수정된 꽃들은 이내 열매를 맺습니다. 자연은 그렇게 서로 관계를 맺고, 우리는 그 가운데에 있습니다.

산들이는 배추흰나비가 다치지 않게 얌전히 관찰합니다.

"나비가 다치기 전에 보내 줘야지?"

오래지 않아 산들이는 나비를 다시 풀밭으로 돌려보내 줍니다. 많은 나비들은 풀밭을 이리저리 날아다니며 꿀을 빨고 알을 낳습니다. 풀밭이 도시로 변해 갈 때마다 나비들은 서식지를 잃어버립니다. 도시에도 꽃과 나비를 가까이 만날 수 있는 건강한 풀밭이 있어야 합니다.

엄마가 나무에 올라가면

우리 집은 산꼭대기에 있는 한 동짜리 아파트입니다. 산을 넘어 15분 정도 걸어가면 태화강이 나옵니다. 아내는 가끔 회사까지 강을 따라 걸어서 출근하기도 합니다. 강을 따라 천천히 걸으면서 꽃을 보고, 새를 보고, 강을 보고, 사람들을 봅니다. 자연 가까이에 산다는 것은 우리의 영혼을 살찌우는 일입니다. 자연은 우리의 영혼뿐 아니라 자산도 살찌웁니다. '숲세권'에 가까운 아파트나 창밖으로 초록색이 보이는 아파트는 그렇지 않은 아파트에 비해 더 비쌉니다. 숲을 사랑하는 사람들의 생각이 자산 가치에도 영향을 미칩니다. 우리 주변의 숲을 찾아보세요.

　울산의 태화강변에는 여러 그루의 뽕나무가 자라고 있습니다. 봄이 오
면 뽕나무는 달콤한 보라색 오디 열매를 잔뜩 맺습니다. 우리는 강변을
산책하다 잘 익은 오디 열매를 보면 길을 멈추고 따기 시작합니다. 아빠
는 오디를 따고, 산들이는 오디를 먹습니다. 잘 익은 오디가 안 보이면 옆
나무로 이동합니다. 우리는 강변을 걷고, 오디를 먹고, 다시 강변을 걷습
니다. 봄날의 강변은 따스하고, 부드럽고, 또한 달콤합니다.

　울산의 다운동에는 가로수로 양벚나무가 자라고 있습니다. 꽃은 벚나무와 비슷한데, 꽃이 지고 나서 달리는 열매가 꽤 크고 맛있습니다. 사람들은 잔뜩 달린 버찌를 먹기 위해 까치발을 하고, 팔을 뻗고, 나무에 올라가기도 합니다. 우리 가족은 힘을 합쳐 열매를 땁니다. 산들이가 아빠 위에 올라가면 2미터가 넘는 높이에 달린 열매도 거뜬합니다.

　하지만 엄마가 나무 위에 올라가면 3미터 이상도 거뜬합니다.

"바, 박사님! 진정하세요!"

　한 박사님께서는 마거릿 D. 로우먼이 쓴 『나무 위 나의 인생』이라는 책의 팬입니다. 아마 내용은 잘 기억을 못 하실 것 같은데, 어튼 나무 위를 사랑하는 마음만은 진하게 남은 것 같습니다. 버찌를 딸 때 저는 점잖게 장대 끝에 달린 가위를 쓰는 것을 선호하고, 한 박사님께서는 뜨겁게 맨발로 나무에 오르는 것을 선호하십니다. 방법은 다르지만 버찌를 좋아하는 점은 같습니다.

간만에 산들이 없이 둘만 있는 시간입니다. 한 박사님과 아무런 계획도 없이 차를 몰고 구석진 카페를 찾아 숲속을 헤매다 '다운재'라는 곳을 발견했습니다. 다운재는 작가들이 만든 도자기를 전시하고 차를 파는 귀여운 갤러리입니다. 우리는 예쁜 도자기들을 둘러보고, 작가님들의 의도를 상상하고, 사고 싶은 도자기들을 골랐습니다. 차를 마시면서 도자기에 관한 이야기를 하고, 차에 관한 이야기를 하고, 밖으로 나가 사진을 찍었습니다. 초록으로 둘러싸인 신비한 공간은 우리를 되살아나게 합니다.

울산에는 아름다운 태화강 국가정원이 있습니다. 그리고 2023년 현재 울산에는 일곱 개의 민간정원이 있습니다. 사람들이 생활 속에서 즐길 수 있는 아름다운 정원들입니다. 온실리움은 울산의 첫 번째 민간정원입니다. 큰 온실과 야외 정원이 있고, 그 안에서 차와 커피, 아이스크림을 즐길 수 있습니다. 조용하고, 따뜻하고, 습한 온실 안에서 초록 식물의 향기를 맡으며 가족과 함께 고요한 시간을 보낼 수 있습니다. 일상 속에서 숲과 정원을 가까이 느끼는 것은 우리의 삶을 충만하게 합니다.

산책길에 만나는 소중한 친구들

바닷가에도 산들이를 위한 장난감이 많습니다. 우리는 조개껍질을 줍고, 파도에 닳아 뭉툭해진 유리 조각을 찾습니다. 모래사장에 작은 게가 만들어 놓은 흔적들을 따라가 게가 숨어 있는 구멍을 찾습니다. 그리고는 몇 걸음 떨어져 게가 나오기를 기다립니다. 우리는 그렇게 모래사장에서 생물 다양성을 발견합니다. 작은 존재들 하나하나가 바닷가의 소중한 생물 다양성입니다.

　산들이는 다행히 엄마를 닮은 모양입니다. 이제 날아가는 딱새 수컷을 관찰하는 모습을 뚝딱 그려 낼 수 있는 훌륭한 화가가 되었습니다. 산들이는 종이에 그리고, 캔버스에 그리고, 아이패드에도 그립니다. 가족의 그림을 그리고, 새 그림을 그리고, 고양이 그림을 그립니다. 산들이가 그리는 그림의 많은 부분은 자연에서 영감을 얻습니다. 우리는 자연을 관찰하고, 기록하고, 공유하는 과정을 우리의 방식대로 쌓아 나가고 있습니다.

　태화강은 울산을 가로지르는 강입니다. 우리 가족은 태화강 주변에서 살고, 태화강 주변에서 일합니다. 가끔은 카메라나 스케치북, 책이나 장난감을 가지고 태화강 주변으로 산책을 나가기도 합니다. 한적한 공간을 만나면 그곳에 돗자리를 깔고 그림을 그리거나, 간식을 먹거나, 사진을 찍습니다. 산들이의 손을 잡고 주변을 거닐면서 꽃과 새를 보고, 우리 주변의 자연에 대해 이야기합니다. 태화강에 피는 갓꽃을 만난 산들이는 신이 났는지 갓꽃을 꺾어 머리에 꽂았습니다. 보통 아이들이 머리에 꽂는 꽃의 크기는 아니지만 산들이는 썩 마음에 드는 모양입니다.

　산들이를 따라 걷던 아빠는 붉은머리오목눈이를 만났습니다. 붉은머
리오목눈이는 '뱁새가 황새 따라가면 가랑이 찢어진다.'라는 속담의 주인
공인 뱁새입니다. 붉은머리오목눈이는 우리 주변에서 가장 흔하게 만날
수 있는 텃새입니다. 참새만큼 흔하지만 수줍은 성격 때문에 늘 덤불 속
으로 숨어 다녀서인지 쉽게 우리 눈에 띄지 않습니다. 덤불 옆을 걸을 때
"개개개갯- 개개개갯- 피유- 피유-" 하는 소리가 들리면 걸음을 멈추고 작
은 친구들을 찾아보게 됩니다.

　'알면 사랑한다.'는 생태학의 유명한 명제입니다. 우리가 붉은머리오목
눈이라는 종의 아름다움을 알게 되면 이 종을 소중하게 여기게 됩니다.
붉은머리오목눈이를 소중하게 여기게 되면 이 작은 친구들이 살아가는
덤불과 키 작은 숲도 소중하게 여기게 됩니다. 저는 산들이가 자연을 알
고, 자연을 사랑하는 삶을 살게 되기를 바랍니다.

  한새롬 박사님께서는 저와 산들이의 관찰을 멋진 그림으로 바꿔 주었습니다. 자연을 관찰하고, 기록하고, 공유하는 과정은 그 자체로 우아하고 멋집니다. 자연에서 영감을 얻어 그림을 그리거나 음악을 만드는 일도 낭만적이죠. 식물과 곤충과 새의 이름을 많이 아는 사람들만 자연을 관찰할 수 있는 것은 아닙니다. 주변에 잘 아는 사람이나 숲해설가, 자연환경해설사 같은 분들에게 물어볼 수도 있습니다. 요즘에는 스마트폰으로 생물을 관찰하고 기록하는 것을 도와주는 네이처링naturing이나 모야모moyamo 같은 애플리케이션의 도움을 받을 수도 있습니다. 각자의 흐름대로 자연을 관찰하고, 기록하고, 공유해 보세요. 그리고 깊은 숲속으로 한 걸음 더 들어가 보시기를 바랍니다.

  덧) 사진 속 꽃은 유채*Brassica napus*가 아니라 갓*Brassica juncea*인 듯하지만, 신경 쓰지 맙시다. 그게 중요한 것도 아니고, 저도 잘 모르니까요.

　태화강은 새를 구경하기 아주 좋은 곳입니다. 여름에는 백로류를 비롯해 여름철새를 볼 수 있고, 겨울에는 떼까마귀의 군무를 볼 수 있습니다. 집 가까이에 새를 볼 수 있는 강이 있다는 것은 큰 행운입니다. 새를 관찰하는 행위를 우리는 탐조(探鳥; bird watching)라고 합니다. 우리나라에서는 일반적인 취미는 아니지만, 북미나 유럽에서는 꽤 많은 사람들이 즐기고 있는 대중적인 취미 생활입니다. 망원렌즈를 써서 멀리 있는 새를 조심스레 관찰할 수도 있고, 모이통이나 물통을 설치해 새들이 먼저 다가오게 할 수도 있습니다. 우리 주변의 아름다운 친구들과 그들의 서식지를 지켜 주세요.

　우리 가족은 뱁새를 자주 만나고, 뱁새의 아름다움과 귀여움, 하찮음에 관해 이야기합니다. 뱁새를 사랑하는 마음을 집까지 가지고 와서 뱁새 그림을 그리기도 합니다. 아빠와 산들이는 천지현 작가님의 세밀화를 보며 붉은머리오목눈이(a.k.a. 뱁새)를 그리기 시작합니다. 자연을 사랑하는 마음을 담아 그림 속 붉은머리오목눈이의 형태와 깃털을 유심히 살핍니다. 그리고는 시간과 정성을 들여 정성껏 뱁새를 그립니다.

　아빠(36세)의 그림 솜씨는 정말 굉장합니다. 이미 원작과는 너무 멀어져서 원작자인 천지현 작가님께 사과를 드릴 필요도 없을 것 같습니다. 아무도 천지현 작가님의 그림을 보고 그렸다고는 생각하지 않을 테니까요. 프로 작가가 얼마나 위대한 분들인지 깨닫는 데는 그리 오랜 시간이 걸리지 않습니다. 뭔가 그럴듯해 보이지 않을까 하는 생각에 뱁새의 학명을 아래에 적어 봅니다. 멋진 라틴어 학명도 조악한 그림을 가리지는 못합니다.

산들이는 이제 정말 훌륭한 어린이가 되었습니다. 태화강에 멸종 위기 야생 생물 2급인 삵이 있다는 기사를 보고 삵을 지켜 달라는 포스터를 만들었습니다.

길고양이 입양

2년 전 어느 추운 겨울 밤, 우리 가족은 소호마을의 숙소에 묵고 있었습니다. 차에 물건을 가지러 가기 위해 숙소 문을 여는 순간, 작은 아기 고양이가 숙소로 뛰어들어 왔습니다. 밖이 많이 추웠던 모양입니다.

온기를 찾아 숙소 안으로 뛰어들어 온 아기 고양이를 제 손으로 내보낼 수는 없었습니다. 우리는 상자에 따뜻한 물주머니를 넣어 주고 밤을 보낼 수 있게 해 주었습니다. 아기 고양이는 밤새 우리와 함께 있었습니다.

다음 날 우리는 소호마을을 떠나야 했습니다. 하지만 고양이를 다시 추운 밤으로 돌려보낼 수는 없었습니다. 제 손으로 작은 아기 고양이를 죽음으로 내몰 수는 없었습니다. 우리 가족은 전혀 준비되지 않았지만, 그렇게 고양이와 함께 살게 되었습니다.

검은 아기 고양이의 이름은 릴리입니다. 릴리는 방에는 들어올 수 없고, 거실에서 지냅니다. 맨 먼저 일어난 제가 방문을 열고 나가면 릴리는 쪼르르 달려와 제 다리에 몸을 비빕니다. 누군가 의자에 앉거나 소파에 앉으면 바로 달려와 그 위로 올라갑니다. 두 살이 넘은 지금도 꾹꾹이를 좋아하고, 혼자 있기 싫어하는 무릎냥이입니다. 준비되지 않은 채 길고양이와 살게 되면 여러 가지 예상하지 못한 문제에 휘말리게 됩니다. 그럼에도 우리 가족은 문제를 잘 해결해 나가고 있습니다.

저는 전혀 다정하지 않은 집사입니다. 방에 들어온 릴리를 혼내기도 하고, 집을 탈출한 릴리를 냅다 잡아 오기도 합니다. 하지만 릴리는 우리 가족에게 다정하고, 손님에게도 친절합니다. 먼저 다가가 몸을 비비고 무릎 위에 올라가 앉습니다.

"아이고, 이 집은 고양이도 착하네."

다른 집 고양이들은 이렇지 않다고 하던데, 릴리는 다정하고 사교적인 고양이입니다. 손님들도 릴리를 좋아합니다.

"길고양이에게 먹이를 주시면 안 됩니다."

제가 자주 하는 이야기입니다. 고양이는 훌륭한 사냥꾼이고, 곤충, 양서류, 파충류, 조류, 포유류 모두가 고양이의 사냥감입니다. 고양이는 오랜 진화의 역사를 통해 움직이는 작은 생물들을 사냥하도록 프로그램됐습니다. 개인의 측은지심에 기반한 소규모, 일회성 먹이주기까지 막고 싶지는 않지만, 예산에 기반한 지속적인 먹이주기는 지양해야 합니다. 예산을 써서 우리 주변의 작은 동물들을 죽음으로 내모는 결과로 이어질 수 있기 때문입니다. 길고양이가 정말 가련하다면 생태계에 영향을 미치지 않고 안전한 삶을 살 수 있도록 집으로 데려가서 키워 주세요. 릴리는 저희 집 거실 생태계에만 영향을 미칩니다.

일단, 쓰레기를 다 줍고 나서

바닷가에 가면 일단 쓰레기를 줍는 한 박사님입니다. 쓰레기를 보면 참기가 어려우신 모양입니다. 저는 참을성이 강한 사람입니다. 잘 참을 수 있습니다. 하지만 한 박사님께서 계속계속 쓰레기를 줍고 계시면 저는 기다리기 심심하니까 함께 쓰레기를 줍습니다.

쓰레기는 중력에 의해 자꾸자꾸 아래로 굴러갑니다. 언덕에서 평평한 해안으로 굴러가고, 바다에 빠진 뒤 먼 곳으로 흘러가 거대한 쓰레기섬이 되기도 합니다. 우리가 줍는 쓰레기가 바다의 거대한 쓰레기섬 문제를 해결할 수 있을지는 잘 모르겠지만 그래도 줍습니다. 일단 팔다리를 움직이다 보면 우리의 시야는 깨끗해집니다. 우리가 쓰레기를 주워도 아무도 알아주지 않는다고요? 괜찮습니다. 제가 아니까요. 저는 제 마음의 건강을 위해 쓰레기를 줍습니다.

말레이시아로 가족 여행을 떠났습니다. 신혼여행을 제외하면 처음 가
보는 해외여행입니다. 태풍이 지나간 뒤의 바다는 셀 수 없이 많은 비닐
봉지와 페트병으로 가득합니다. 아무도 쓰레기를 줍지 않습니다. 우리는
카약을 타고 바다를 누비며 쓰레기를 줍습니다.

"김우성 대원! 저기에 쓰레기가 있다! 앞으로!"

"네! 김산들 대장님! 갑니다! 핫촤! 핫촤!"

대장님의 지시를 따라 이리저리 열심히 노를 젓습니다. '아니, 이 리조
트가 1박에 얼마짜린데, 여기까지 와서 쓰레기를 줍고 있나.' 하는 생각이
듭니다. 하지만 생각을 멈추고 쓰레기를 줍는 일은 꽤 재미있습니다. 오
전 내내 쓰레기를 줍고, 점심을 먹고, 다시 쓰레기를 줍습니다.

쓰레기를 줍기 시작할 때는 바다의 모든 방향이 비닐봉지와 페트병으로 가득 차 있었습니다. 몇 시간 줍고 나니 이제는 노를 저어도 시야에 쓰레기가 보이지 않습니다. 해안과 카약을 관리하는 리조트 직원이 엄지척 사인을 보내 줍니다. '아니, 선생님께서 하셔야 하는 일이지 않나요?'라고 되묻고 싶었지만, 영어로 말해야 하니까 일단 참고 저도 웃으며 엄지척 사인을 보내 줍니다. 바다는 확실히 깨끗해졌고, 제 마음도 편안해졌습니다. 다음에도 카약 타고 쓰레기 주울 거냐고요? "네!"

다친 나무에

마음이 다치다

죽어 가는 나무들 옆에서

학교 운동장 변두리에 있는 플라타너스입니다. 오랜 시간 동안 반복적으로 강한 가지치기를 당했고, 속은 썩었으며, 큰 구멍도 뚫려 있습니다.

　아이들은 3~6년 정도 학교를 다닙니다. 아이들이 자랄 때 나무도 같이 자라야 하고, 졸업한 후에 학교를 방문했을 때 크게 자란 나무를 보며 학창 시절을 회상할 수 있어야 합니다. 어른들이 나무를 함부로 대하면 아이들은 나무는 원래 함부로 대해도 되는 존재라고 배우게 됩니다. 플라타너스는 원래 저렇게 생긴 나무라고 생각하게 됩니다. 아이들이 나무가 죽어 가는 모습을 보면서 자라지 않게 해 주세요.

　폐교된 학교의 운동장에서 만난 플라타너스입니다. 학교가 문을 닫고, 관리하는 사람이 없어지자 플라타너스는 행복을 되찾았습니다. 큰 줄기 위쪽의 많은 부분을 잃어버렸지만, 너무 늦지는 않았던 모양입니다. 플라타너스는 다시 햇볕을 쫓아 연약한 가지를 냅니다. 사람이 떠나고 시간이 지나면 플라타너스는 더 행복해질 거예요. 나무는 사람이 죽입니다.

전라남도 담양에서 만난 커다란 플라타너스들입니다. 플라타너스는 충분한 공간이 있는 곳에 심어 주면 빠르게 자라 큰 그늘을 돌려주는 나무입니다. 그늘 아래에서 사람들은 산책을 하고, 차를 마시고, 이야기를 나눕니다. 담양에는 메타세쿼이아 길이 있고, 관방제림이 있고, 죽녹원이 있습니다. 담양 사람들은 오랫동안 크게 자란 공공수목의 아름다움을 잘 이해하고 있는 것 같습니다. 나무를 나무로 살게 해 주세요.

다친 나무에 마음이 다치다

이 메타세쿼이아들은 '가지치기'가 완료된 상태입니다.

저 나무들은 저 자리에서 계속 살아갈 수 있을까요? 나무의 미래를 예상해 보겠습니다. 일부는 죽을 테고, 살아남은 친구들은 다시 가지를 뻗겠지만, 가지가 자라면 그 무게를 이기지 못하고 나무껍질이 찢어지면서 가지도 떨어질 겁니다. 상처 부위로는 계속 빗물이 들어가면서 나무 속은 계속 썩어 들어갈 겁니다. 결국 아름답지 않게 된 나무들은 다시 베어지게 됩니다. 나무를 베는 예산은요? 다친 나무를 보며 함께 다친 사람들의 마음은요? 돈과 시간을 들여 우리 주변을 망치는 일들을 이제는 멈출 수 있어야 합니다.

아름드리 개잎갈나무의 허리가 잘려 나갔습니다. 나무는 오래 살고, 크게 자랍니다. 당연한 이야기 같지만 사람들은 잘 모릅니다. 크게 자라는 나무를 전깃줄 아래에 심으면 나무는 크기를 줄이기 위해 가혹한 가지치기를 당하게 됩니다. 몇 년이 지나 다시 가지가 자라면 또 가지치기를 당합니다. 전깃줄이 나무 위에 있고, 나무가 살아 있는 한 주기적으로 가지를 잘라야 합니다. 나무는 오래도록 만든 가지와 잎을 모두 잃었고, 우리는 마을의 풍경과 길 위의 그늘을 잃었습니다. 나무는 상처 부위를 회복하지 못하면 서서히 죽어 갈 것이고, 우리는 반복적으로 예산을 낭비하게 될 것입니다. 어쩌다 여기까지 왔을까요?

동네 놀이터에서 만난 메타세쿼이아입니다. 메타세쿼이아 위 하늘에는 아무것도 없습니다. 건물도 없고, 전깃줄도 없습니다. 그러나 메타세쿼이아는 꼭대기가 잘렸습니다. 아마도 크레인을 타고 올라가서 힘들게 잘랐을 텐데, 잘라야 하는 이유를 저는 모르겠습니다.

왜 잘랐을까요? 안전상의 이유는 아니라고 생각합니다. 저 형태가 아름답다고 생각해서였을까요? 사람들이 나무를 대하는 방식을 들여다보면 '대체 왜?'라는 생각을 자주 하게 됩니다. 굳이 잘라야 할 필요가 없는 나무는 자연스럽게 자랄 수 있게 해 주세요. 예산과 노력과 시간을 낭비할 필요가 없습니다.

학교 옆 나무들도 전깃줄을 피하기 위해 가지치기를 당했습니다. 우리는 반복되는 고통의 사슬을 끊을 수 있을까요? 미국에서는 이 문제를 해결하기 위해 전깃줄 높이 아래까지만 자라는 나무를 선정하기 위한 연구를 진행했습니다. 총 18개 품종의 나무를 심어 오랫동안 관찰했고, 아홉 개 품종의 나무가 시험을 통과했습니다. 이 나무들은 다 자라도 키가 전깃줄의 높이를 넘어가지 않습니다. 매년 가지치기 예산을 지출할 필요가 없습니다. 나무도 고통받지 않아도 되고, 작업자도 원치 않는 일을 하지 않게 되며, 가로수를 보는 사람들도 마음을 다칠 필요가 없습니다. 구조를 바꾸면 문제 해결에 한발 다가설 수 있습니다.

나무는 사람이 죽인다

나무가 부러졌습니다. 어젯밤의 태풍 때문일까요? 수양버들은 반복되는 가지치기로 회복할 수 없는 상처를 입었습니다. 상처로 빗물이 계속 들어 갔고, 나무의 속은 점점 썩어 들어갔습니다. 수양버들의 속은 텅 비어 버 렸고, 태풍을 버틸 수 없는 나무가 되어 버렸습니다. 우리 주변의 큰 나무 가 죽음에 이르는 과정은 길고 연속적이며, 여러 가지 이유가 복합적으로 작용합니다. 하지만 우리는 나무가 죽은 이유를 고민하지 않습니다. '태 풍에 나무가 부러졌다.' 그게 전부니까요. 나무가 부러진 다음 날 사람들 은 그 나무를 치워 버렸고, 오랜 세월 그네 옆을 지켰던 수양버들은 사라 졌습니다.

가로수 옮겨심기 사업에 관한 내용을 담은 현수막입니다. '아! 이 얼마 나 친절하고 일 잘하는 공무원인가!' 사람들은 바닥에 떨어지는 은행나무 열매가 싫었고, 지자체는 민원 해결을 위해 노력했습니다. 가지치기를 위 한 사다리차는 이미 다녀갔고, 이제 나무를 옮기기 위한 포클레인과 트 럭이 와야 합니다. 은행나무(암나무)는 철도 변 완충 녹지로 가서 행복하게 살 테고, 열매 없는 은행나무(수나무)가 도로변을 지켜 주겠죠? 그렇게 모 두가 행복한 결말에 이를 수 있을까요?

옮겨진 나무는 이런 곳으로 가게 됩니다. 나무는 한 곳에 뿌리내리고 긴 시간을 살아가는 생명입니다. 한참 살아가다가 다른 곳으로 옮겨지는 것은 나무가 예상한 시나리오가 아닙니다. 나무가 광합성을 하기 위해서 는 가지 끝에 있는 잎까지 물이 도달할 수 있어야 합니다. 땅속에 있는 물 을 높은 가지 위까지 밀어 올리는 힘은 멀리 뻗은 잔뿌리에서부터 시작됩 니다. 하지만 큰 나무는 옮겨 심는 과정에서 잔뿌리의 대부분을 잃어버리 게 되고, 물이 공급되지 않으면 가지와 잎도 유지할 수 없게 됩니다. 물도 빨아들일 수 없고, 광합성도 할 수 없게 된 나무는 가지와 줄기가 죽어 가 면서 본래의 형태를 잃어버리게 됩니다. 이렇게 나무는 옮겨 심어진 자리 에서 천천히 죽어 가게 됩니다.

은행나무(암나무) 이식을 위한 가지치기를 완료 하였습니다.
빠른시일 내에 철도변 완충녹지로 이식 하도록 하겠습니다.
- 향후 열매없는 은행나무 식재 하겠습니다. -
■ 공사기간 : 22.03.11 ~ 22.06.08

커다란 나무가 자라고 있던 땅에 다른 건물이 들어섭니다. 베어 버리기에는 너무 멋있게 생긴 나무들은 캐내서 다른 곳으로 옮겨집니다. 하지만 크고 멋진 느티나무의 가지와 잎을 유지하기에는 캐낸 뿌리의 양이 너무도 초라합니다. 땅 위로 멀리 뻗은 가지만큼 땅 아래로 멀리 뻗은 뿌리가 있어야 합니다. 뿌리를 잃어버린 가지들은 물을 공급받을 수 없고, 봄이 와도 잎을 틔울 수 없습니다. 잎을 틔우지 못한 가지들은 말라 죽게 됩니다. 느티나무는 이제 커다란 그늘을 만들지 못하고 옮겨 심어진 자리에서 천천히 죽어 가게 됩니다. 옮겨 심어서 살릴 수 없다면 그 자리에서 베는 것도 고려해야 합니다. 무엇이 나무를 위한 길일까요?

"당산나무가 다 죽으가, 마을회관에 회의하러 가야된데이."

외할머니가 살고 계시는 경주의 작은 마을 입구에는 오래된 회화나무가 있습니다. 그 회화나무가 죽어 가고 있어서 마을에 회의가 열린다고 합니다. 제가 가서 상황을 봤더니 회화나무 아래가 콘크리트로 덮여 있었습니다. 새마을운동 하던 시기에 마을 당산나무 아래에 콘크리트를 덮어 깔끔하게 마감하는 경우들이 있었습니다. 콘크리트로 토양 표면이 막히자 흡수하는 물의 양이 줄어들고, 뿌리 세포의 호흡도 어려워지면서 나무가 천천히 죽어 가기 시작했습니다. 나무들이 수십 년에 걸쳐 천천히 죽어 갔기 때문에 원인을 모르는 경우가 많습니다. 저는 상황을 설명 드렸고, 이장님이 콘크리트를 걷어 내고 비료를 뿌려 주는 것으로 상황은 마무리되었습니다. 회화나무는 살아났고, 외할머니는 손주를 자랑스러워하셨으며, 저는 외할머니 댁에 갈 때마다 산들이에게 아빠가 살린 나무를 자랑했습니다. 나무를 죽이는 것도 사람이고, 살리는 것도 사람입니다.

나무는 크게 자라고 오래 산다

우리는 큰 숲과 큰 나무를 사랑합니다. 큰 나무를 얻는 유일한 방법은 작은 나무를 심은 뒤에 크게 자랄 때까지 기다리는 것입니다. 처음부터 욕심내서 큰 나무를 심으면 그 나무는 옮겨 심는 과정에서 대부분의 뿌리를 잃어버리게 되고, 옮겨 심은 후에는 오랜 시간에 걸쳐 서서히 죽어 가게 됩니다. 우리는 죽어 가는 나무를 보며 오랜 시간 고통받게 되고, 결국 나무가 죽은 뒤에는 다른 나무를 다시 심어야 합니다. 주변에서 흔하게 볼 수 있는 풍경입니다. 우리는 어리석은 실수를 반복하면 안 됩니다. 나무는 자라는 데 시간이 걸립니다. 나무의 성장을 기다리는 법을 배워야 합니다.

나무를 심는 데 몇 가지 원칙이 있습니다.

첫째, 어린나무를 심어야 합니다. 큰 나무는 옮겨 심는 과정에서 넓게 뻗은 잔뿌리들을 보전하기가 매우 어렵습니다. 억지로 옮겨 심으면 그 과정에서 뿌리를 잃고, 수년 내로 뿌리와 연결돼 있던 대부분의 가지를 잃게 됩니다. 결국 아름다웠던 본래의 형태와 활력을 잃어버리고 병해충이나 부후균과 싸우면서 서서히 죽어 가게 됩니다. 큰 나무가 아니라 어린나무를 옮겨 심은 뒤 그 자리에서 넓게 뿌리내리고 크게 자랄 수 있도록 기다려 줘야 합니다.

둘째, 올바른 형태의 나무를 심어야 합니다. 나무의 줄기가 하나이며, 위로 곧게 뻗고, 최초로 갈라지는 가지가 높이 달린 나무를 심어야 합니다. 나무의 잘못된 구조를 뒤늦게 바로

잡기 위해서는 무리한 가지치기를 시행해야 하고, 이는 나무의 형태와 건강을 해치는 결과로 이어집니다. 처음부터 올바른 형태의 나무를 심어야 나무도 건강하고, 예산과 노력도 아낄 수 있습니다. 이를 위해서는 나무 심기를 요청하는 사람이나 묘목을 납품하는 사람 모두 올바른 수목의 구조에 대해 인지하고, 그에 맞는 묘목을 생산하고 납품해야 합니다. 또한 검수를 통해 올바르지 않은 나무는 심지 않도록 해야 합니다.

셋째, 다 자란 나무의 크기를 정확히 알고 나무를 심어야 합니다. 나무는 우리 생각보다 크게 자라고, 또 오래 삽니다. 전깃줄 아래, 건물 바로 옆, 좁은 보행로 같은 곳에 나무를 심을 때에는 나무가 얼마나 크게 자랄지, 또 얼마나 오래 살지 충분히 고민해야 합니다. 그렇지 않으면 무리한 가지치기를 통해 시간과 예산을 낭비하고, 나무를 고통받게 하고, 우리 주변의 풍경을 망치게 됩니다. 이 모든 내용을 포괄하는 개념이 적지적수適地適樹입니다. 알맞은 땅에 알맞은 나무를 심어야 한다는 뜻입니다. 종에 따른 나무들의 유전적, 생리적 특성을 이해하고, 나무를 심을 땅에 맞는 종을 선택하는 것이 중요합니다. 토양이 습한지 건조한지, 산성인지 염기성인지, 볕이 잘 드는지 그늘인지, 산불이나 산사태, 홍수가 주기적으로 일어나는 지역인지 등 다양한 환경적 요소를 고려해 그에 맞는 나무를 선택해야 합니다.

전라남도 담양에는 200년이 넘은 가로수길, 관방제림이 있습니다. 천연기념물로 지정된 구역 안에는 185그루의 큰 나무들이 아름답게 자라고 있습니다. 큰 나무 아래를 걷는 사람들의 걸음과 표정은 우아하고 행복합니다.

가로수와 같은 공공수목은 최소 비용으로 최대 편익을 얻을 수 있는 방식으로 조성되고 관리돼야 합니다. 좁은 공간에는 작게 자라는 나무를 심고, 그늘이 필요한 곳에는 크게 자라는 나무를 심으면 됩니다. 나무의 크기를 줄이기 위해 반복되는 무리한 가지치기로 예산을 낭비하고 나무를 괴롭힐 필요가 없습니다. 적지적수, 알맞는 땅에 알맞는 나무를 심으면 됩니다.

모여서 다시 만들자

시골의 오래된 빈집 뒷마당에 있는 대나무 숲에서 죽순을 캤습니다. 우리의 할머니와 할아버지들은 가까운 대숲에서 얻은 대나무로 조리와 바구니를 짜고, 담장을 엮고, 낚싯대를 만들었습니다. 이제 우리는 대나무로 아무것도 하지 않습니다. 대나무로 만들던 많은 것들은 플라스틱으로 대체되었습니다. 하지만 여전히 대나무는 가볍고, 매끄럽고, 튼튼하며, 냄새가 좋은 소재입니다. 언젠가 대나무로 만든 의자에 앉아 대나무숲의 아름다움을 즐길 날이 올까요?

　우리는 버려지는 대나무로 무언가 의미 있는 일을 해 보기로 했습니다. 태화강 국가정원에서 솎아베기한 대나무를 모으고, 대나무를 다룰 수 있는 전문가와 마을 사람들, 어린이들을 모았습니다. 사람들이 모여 대나무로 다양한 장난감을 만들었습니다. 미끄럼틀을 만들고, 정글짐을 만들고, 악기를 만들었습니다. 나무에 그림을 그리고, 해먹에 누워 쉬고, 음식도 나눠 먹었습니다. 아이들은 만드는 과정에도 참여하고 즐기는 시간에도 참여했습니다. 우리는 대나무로 하루를 가득 채웠습니다.

　우리는 대나무로 놀이터를 만들었습니다. 대나무 놀이터는 시간이 지나면 낡고 부서지게 되겠지요. 하지만 문제없습니다. 모든 재료는 자연스럽게 분해되는 것들로 만들었습니다. 그냥 구석에 치워 버리면 곤충의 아파트가 될 테고, 땅에 묻으면 빠르게 분해될 테고, 불에 태우면 좋은 땔감이 될 겁니다. 아무것도 문제가 되지 않습니다. 대나무 놀이터가 사라지고 나면 우리는 다시 모여서 새로운 놀이터를 만들면 됩니다. 다음에는 더 크고, 더 재미있는 놀이터를 만들 겁니다.

우리는 다이아몬드 반지에 영원한 사랑을 약속합니다. 꼭 그래야 할까요? 우리의 사랑은 영원하지 않습니다. 우리는 모두 언젠가 이별하게 됩니다. 사랑이 크다고, 굳게 약속했다고, 살아갈 날이 많다고 이별이 다가오지 않는 것은 아닙니다. 우리의 시간은 유한하니까 주어진 시간 동안 충실하게 사랑하자고 약속하면서 영원하지 않은 나무 반지를 나눠 보세요. 색이 바래고 흠이 생기면서 반지가 조금씩 변해 가는 시간을 함께 보내는 것이 중요합니다. 반지가 망가지면 새로 만들면 됩니다.

나무로 만든 액자입니다. 낡은 나뭇가지들을 끈으로 묶어 조형물을 만들고 이를 액자 틀 안에 걸었습니다. 이러한 형태의 액자는 다양한 형태로 응용할 수 있습니다. 사진을 걸 수도 있고, 그림을 걸 수도 있고, 무엇이든 본인이 예쁘다고 생각하는 것을 걸 수 있습니다. 똑같은 것은 없습니다. 우리 주변에서 아름답다고 생각하는 것들을 액자에 넣어 걸어 보세요. 그 액자 앞에서 많은 시간을 보내게 될 겁니다.

예쁘게 쓰고 천천히 돌려주자

가로수로 심어진 이팝나무의 가지를 잘랐습니다. 잘라 낸 가지들은 보통 버려지게 되는데, 우리는 울산시설공단의 도움을 받아 잘라 낸 가지들을 확보할 수 있었습니다. 나무가 의미 없이 일반폐기물로 버려지지 않게 하기 위해 우리는 나무로 이런저런 물건들을 만들어 봅니다.

'화분은 물과 가까이 있어야 하는데, 곰팡이가 슬거나 쪼개지지 않을까요?' 그렇겠죠. 하지만 우리는 화분이 영원하기를 기대하지 않습니다. 나무 화분은 나무 화분만큼의 수명만큼 일해 주면 됩니다. 이후에는요? 분갈이를 해 주고 망가진 화분은 버리면 됩니다. 자연스럽게 분해될 테니까요. 장작불에 넣어서 태워도 됩니다. 해로운 물질이 나오지 않으니까요. 우리는 자연에서 온 탄소를 예쁘게 쓰고, 천천히 돌려보내면 됩니다.

　오랜 시간 바다를 떠돌며 풍화된 나무입니다. 목수님은 저 나무를 보
자마자 마음에 들어 작업실로 냉큼 가져왔다고 합니다. 그리고는 방부 처
리를 하고, 구멍을 뚫어 조명을 만들었습니다. 오래된 나무와 따스한 조
명은 공방의 분위기를 결정합니다. 새로 다듬은 나무가 주는 부드러움과
향기도 좋고, 오래된 나무가 주는 쓸쓸함도 좋습니다. 나무는 우리에게
언제나 부드러움과 따뜻함, 편안함을 주는 소재입니다.

　울주군에서 산불로 죽은 나무입니다. 대부분의 산불 피해목들은 산불 이후 벌목 작업에 의해 제거된 상태입니다. 모종의 이유로 베어지지 않은 나무를 발견한 우리는 울주군과 협의를 진행합니다. 산불로 죽은 나무를 가지고 산불 피해를 입은 사람들에게 위로가 될 만한 무언가를 만들고 싶었기 때문입니다. 무엇을 만들지는 정하지 않았습니다. 죽은 나무처럼 비정형의 재료는 작가가 나무의 형태나 상태를 보고 결정을 해야 하는 부분이 많습니다. 산불로 죽은 나무들이 무의미하게 일반폐기물로 버려지지 않기를 바랍니다.

　나무를 옮겨 심고 나면 다시 뿌리를 내릴 때까지 나무가 쓰러지지 않도
록 줄기를 지지해 주는 지주목을 설치합니다. 나무를 심는 예산 안에 지
주목 설치 예산은 포함돼 있지만, 지주목 제거 예산은 포함돼 있지 않습
니다. 누군가 시간과 노력을 기울여 지주목을 제거해 주지 않으면 지주목
은 영원히 그 자리에 있게 됩니다. 나무의 줄기를 파고들어 상처를 입히
거나 심하면 줄기가 부러져 나무가 죽기도 합니다.

　나무가 뿌리를 내린 이후에는 지주목을 제거해 주어야 합니다. 지주목
제거를 위한 규정을 마련해 두지 않으면 시민들의 참여를 통해 제거할 수

밖에 없습니다. 나무에게 자유를 돌려주세요.

　다행히 나무의 관리 주체가 명확한 곳에서는 관리자가 설치된 지주목을 제거하기도 합니다. 이러한 지주목들은 일반폐기물로 버려지게 됩니다. 우리는 울산시설공단의 도움을 받아 버려지는 지주목들을 구할 수 있었습니다. 형태도 일정하고 아직은 강도도 괜찮은데, 의미 있는 곳에 쓸 수 있지 않을까요? 우리는 아무런 의미 없이 일반폐기물로 버려지는 지주목의 쓸모를 찾아보려고 합니다. 지역의 목수를 찾고, 폐지주목으로 만들 수 있는 여러 물건에 대한 아이디어 회의를 합니다.

산들이가 좋아하는 애니메이션은 의자가 주인공입니다. 그 의자는 다리가 셋인데, 세 개의 다리로 막 뛰어다닙니다. 우리는 그 의자를 만들어 보기로 했습니다. 모양을 맞춰 나무를 자르고, 목수님과 산들이가 함께 색칠하고 조립합니다. 다리는 지주목으로 만들었으며, 탄성이 있는 줄로 몸체와 연결해 움직일 수 있게 만들었습니다. 아이가 좋아하는 애니메이션의 주인공을 직접 만들어 볼 수 있다는 것은 참 낭만적인 일입니다. 의미 있는 소재를 썼다는 점도 참 좋습니다. 그렇게 산들이는 조금 더 오타쿠가 되었습니다.

폐업한 네일숍의 간판이 길가에 아무렇게나 버려져 있었습니다. 흠집도 없고, 나무도 좋아 보여서 다시 쓸 수 있지 않을까 하고 목수님께 가져다 드렸습니다. 목수님께서는 앞면을 사포로 살짝 갈아 내고 백년숲의 이름을 새긴 뒤에 바니시를 발라 주셨습니다. 정말 멋진 간판을 만들어 주시고는 "헤헤, 아무것도 아니에요. 간단한 일이에요."라며 웃으십니다. 의미 있는 물건을 자기 손으로 직접 만들 수 있다는 것은 정말 멋집니다.

나무는 낭만 소스

유튜브에서 본 목조 온실이 예뻐 보였습니다. 목수님께 영상 링크를 보내
드리고 물어봅니다.

"이거 만들어 주실 수 있으세요?"

"음… 해 볼게요."

목재로 틀을 짜고 유리 대신 투명한 폴리카보네이트를 끼우기로 했습
니다. 벽체를 미리 조립한 뒤에 현장에 가져오셔서 벽을 세우고 지붕을
얹어 마감해 주셨습니다. 쉽게 썼지만, 설치에만 꼬박 이틀이 걸렸습니
다. 목수님은 별말 없이 뚝딱뚝딱 만들어 주셨습니다.

　백년숲 사회적협동조합의 사옥에 목조 온실이 생겼습니다. 온실이니까 식물을 키우는 게 목적일 것 같지만 제가 목재 온실을 만든 이유는 조금 다릅니다. 사람들은 이제 더 이상 목재로 집을 짓지 않습니다. 그래서 사람들에게 여전히 우리는 목재로 예쁜 집을 지을 수 있다는 이야기를 들려주고 싶었습니다. 우리는 목재로 만든 온실에서 숲에 관한 이야기를 하거나, 앉아서 음악을 들으며 쉽니다. 누군가는 비용을 지불하고 온실을 대관해 회의실로 쓰기도 합니다. 술을 마시기도 좋고, 담배를 피우기도 좋습니다. 온실은 아름답고, 볕이 좋고, 조용합니다. 우리는 여러 가지 방식으로 나무의 아름다움을 즐길 수 있습니다.

유튜브에서 본 목조 카누가 예뻐 보였습니다. 목수님께 또 영상 링크를 보내 드리고 물어봅니다.

"이거 만들어 주실 수 있으세요?"

"이건 안 되겠는데요."

"그럼 이건 유튜브 영상 올린 사람에게 의뢰할게요."

"… 해 볼게요."

아마도 열을 가해 목재를 휘고, 접착제를 발라 가며 켜켜이 쌓습니다. 유리섬유로 안과 밖을 코팅해 마무리합니다. 이번 의뢰는 꽤 오래 걸렸습니다.

"패들(노)은 별매입니다."

"뭐라고요? 배를 주문했는데 노를 안 주신다고요?"

"드릴게요."

착하고 성실한 목수님이십니다.

　백년숲 사회적협동조합의 마당에 카누가 생겼습니다. 백년숲은 태화 강변에 위치하고 있기 때문에 카누를 힘들게 트럭에 실을 필요가 없습니다. 성인 두 사람이 카누를 들고 강까지 걸어가서 살짝 강물에 담그기만 하면 됩니다. 그리고는 안전에 만전을 기하면서 천천히 노를 저으면 됩니다. 목수님께서 배를 잘 만드셨는지 좌우로 흔들림도 거의 없고 꽤 안정적으로 나아갑니다.

　우리는 천천히 노를 저으며 물을 보고, 강가를 따라 흐드러지게 핀 꽃을 봅니다. 강변에 서 있는 왜가리를 보고, 강변 위에서 정지비행을 하고 있는 황조롱이를 봅니다. 아무런 막힘 없이 끝없이 펼쳐진 강 위의 하늘을 봅니다. 카누를 타고 새로운 지점에 가면 우리는 새로운 풍경을 볼 수 있습니다.

"아빠, 사람들이 자꾸 우리를 쳐다봐."

"산들아, 그건 당연한 거란다. 이건 안 쳐다볼 수가 없단다."

그렇습니다. 이 목재 카누는 쳐다보라고 만든 카누입니다. 목재 온실을 만들 때 그랬던 것처럼 사람들에게 나무로 재미있는 일을 할 수 있다는 것을 보여 주고 싶었습니다.

나무로 만든 카누는 플라스틱 카누와는 전혀 다른 아름다움을 보여 줍니다. 우리는 카누를 타고서 하늘을 보고, 물을 보고, 구름을 보고, 햇살을 보면서 시간을 보냅니다. 사람들은 우리를 봅니다. 사람들이 나무와 함께 더 즐겁고 행복한 삶을 살 수 있기를 바랍니다.

"마틴Martin 기타를 사야겠다."

산들이 할머니께서 기타가 사고 싶으신 모양입니다. 이야기만 하고 안 사실 것 같아서 할머니에게 거짓말을 합니다.

"산들이 겨울옷 좀 사 주세요. 부산 아울렛으로 가시죠."

"그래. 가자."

할머니와 산들이를 차 뒷좌석에 태우고 부산에 있는 기타 매장으로 갑니다. 아들 월급이 200만 원인데 150만 원짜리 기타를 선물하는 게 맞나 싶기는 하지만 어쩔 수 없습니다. 나무가 좋아서 소리가 좋다는 이야기를 거절할 수가 없었습니다. 기타를 받아 든 할머니는 행복하셨고, 저도 행복했습니다. 나무는 다양한 모습의 행복으로 우리 삶 속에 자리합니다.

　우리 가족은 커다란 나무와 함께 살아가는 삶에 대한 꿈을 가지고 있습니다. 가끔 커다란 나무를 만나면 마음속으로 경의를 표하고, 그 아래에서 쉬었다 갑니다. 커다란 나무를 찾는 새를 관찰하기도 하고, 그늘에서 책을 읽거나 차를 마시기도 합니다. 아내는 나무 위에 짓는 집, 트리하우스Treehouse에 대한 꿈을 가지고 있습니다. 지금은 그 꿈을 이룰 수는 없지만, 레고로 만들어 볼 수는 있습니다. 우리는 레고로 트리하우스를 만듭니다. 아직은 완성하지 못했지만 언젠가는 완성할 겁니다. 그리고 진짜 트리하우스도 만들 수 있게 되는 날을 꿈꿉니다.

길을 걷다 정말 마음에 드는 차를 발견했습니다. 귀여운 디자인에 (인조) 식물이 잔뜩 붙어 있는 외장까지! 물론 실제로 살아 있는 식물을 차량 외부에 키울 수는 없겠지만 정말이지 저 디자인은 귀여워서 참을 수 없었습니다. 그래서 차에 앉아 보았습니다. 가질 수는 없지만, 상상은 해 볼 수 있지 않을까요? 자연의 아름다움에서 모티브를 얻어 새로운 것을 만들어 내고, 이를 통해 우리에게 행복을 주는 예술가님들께 감사드립니다.

지속 가능한

이타주의자

스물일곱에 부부가 되었다

나와 아내는 동갑내기입니다. 우리는 같은 대학원에서 석사 과정을 마쳤습니다. 석사 과정을 마친 날, 우리는 너무나 행복했습니다. 근데 왜 졸업 가운을 이상하게 뒤집어쓰고 있냐고요? 저 즈음 우리는 월드 오브 워크래프트(World of Warcraft; WOW)라는 게임을 슬쩍 맛보고 있었습니다. 고작 20~30레벨 정도 키워 본 꼬꼬마이긴 했지만, 게임 속 세상의 숲도 약초도 아름다웠습니다. 석사 학위 마무리를 위한 고된 시간을 피해 아제로스 대륙으로 도망치고 싶었지만 그러지 못했습니다. 우리는 현생을 살아가는 사람들이었으니까요. 그때 물빵 만들던 솜씨로 현실에서 국 끓이고 밥하면서 살고 있습니다.

　교수님께서는 저희를 열대림과 온대림, 한대림으로 이끄셨습니다. 북한의 황폐한 땅을 보여 주셨고, 저희를 나무 심는 사람의 길로 이끌어 주셨습니다. 부족한 학생이었지만 이 시기에 중요한 것들을 배우고 귀한 인연들을 만나며 많이 성장했습니다. 이런 중요한 시기에 하라는 공부는 안하고 연애나 하다니!

　"교수님, 저희 결혼하려고 합니다. 주례를 부탁드려도 될까요?"

　"산불 조심 기간 끝나고 하자."

　저희는 산불 조심 기간이 끝나는 5월에 결혼 날짜를 잡았습니다.

　한새롬(당시 석사) 님의 부모님께서는 딸이 박사 학위를 마치고 결혼하면 된다고 생각하셨던 모양입니다. 그러던 어느 날 갑자기 마음이 바뀌셨는지 저를 부르셨습니다. 저는 군대도 다녀오지 않은 대학원생이었고, 돈도 집도 차도 없었습니다.

　"혼인 신고를 하면 학교에 있는 가족 기숙사에서 살 수 있습니다."

　이런 허술한 계획으로 양가 부모님의 동의를 얻고, 친구들과 술을 잔뜩 먹은 다음 날 우리는 서울시 관악구청에서 혼인신고를 했습니다. 그렇게 우리는 부부가 되었습니다.

우리는 관악구 봉천동의 산꼭대기에 있는 전세 5,000만 원 단칸방에서 결혼 생활을 시작했습니다. 아내는 그 집 창밖으로 보이는 단풍나무가 좋았다고 합니다. 저는 산 아래에 있는 전통시장이 좋았습니다.

남편들의 주적(?)인 아내의 친구들이 선물로 전자레인지를 사 들고 헉헉대며 산꼭대기에 있는 단칸방을 방문했습니다. 그 집에는 아직 아무런 가구도 음식도 없었습니다. 우리는 방 가운데 종이박스를 놓고 그 위에서 탕수육을 시켜 먹었습니다.

스물일곱 살이었습니다.

저는 병역의 의무를 마치지 않은 상태로 결혼했습니다. 박사 과정을 수료한 후 3년간 대체 복무를 할 수 있는 전문연구요원 제도가 있는데, 지원을 위해서는 한국사능력검정시험 3급과 영어 점수(TEPS)가 필요했습니다. 그런데 하필 한국사 시험 날짜와 결혼식 날짜가 겹쳤습니다. 결혼식 날 아침, 한새롬(미혼)은 신부 화장을 하러 가고, 저는 시험을 치러 갔습니다.

"저, 시험 빨리 치고 나가도 될까요?"

"안 됩니다. 시험 시간 종료 시까지 자리에 계셔야 합니다."

"제가 이따 세 시에 결혼하는데요."

"뭐라고요?"

감독관님은 어딘가로 전화하셨고 높으신 분이 오셨습니다. 감독관님의 배려로 저는 복도에서 혼자 시험을 칠 수 있었습니다. 저는 답안지를 제출하고 결혼하러 갔습니다.

분비나무를 찾아서

이 곳은 강원도 평창 가리왕산 깊은 숲속에 자리 잡은 통나무집입니다. 저 통나무집은 구름 속에 숨어 있는 시간이 많습니다. 전화도 없고, 전기도 없고, 오가는 사람도 없습니다. 공기가 맑고, 물이 차갑고, 새소리만 들리는 곳입니다. 저는 이곳을 좋아했고, 이곳에서 생태학을 배웠습니다. 이곳에서 아내에게 고백했고, 많은 이야기들이 시작됐습니다. 이제 통나무집은 사라졌지만, 사람과 기억은 오래도록 남아서 이어지고 있습니다.

저는 석사 과정 동안 분비나무라는 침엽수의 생태에 관해 연구했습니다. 분비나무는 추운 곳에 사는 나무입니다. 빙하기에 남쪽까지 내려왔다가 날씨가 따뜻해지면서 점점 북쪽으로, 산꼭대기로 밀려나 이제는 높은 산의 꼭대기에서만 볼 수 있습니다. 그마저도 기후 변화로 인해 날씨가 따뜻해지면서 점점 보기 힘들어지고 있습니다. 저는 분비나무를 찾아 가리왕산의 깊은 계곡과 산꼭대기를 헤매고 다녔습니다. 아내는 저를 위해 함께 산에 올라 주었습니다. 함께 분비나무를 찾고 그들의 생태를 살폈습니다.

　분비나무는 등산로를 따라 자라지 않습니다. 분비나무를 찾기 위해서
는 등산로를 벗어나 깊은 숲속으로 들어가야 합니다. 때로는 길을 잃기도
하고, 때로는 덩굴에 길이 막히기도 했습니다. 하지만 무언가를 찾아가는
과정은 그 자체로 즐겁습니다. 함께하는 동료가 훌륭하다면 과정은 더 즐
거워집니다. 그때는 숲에서 분비나무를 찾아 헤맸고, 지금은 숲에서 다른
무언가를 찾아 헤매고 있습니다.

　여전히 우리는 함께 헤매고, 함께 걷고 있습니다.

"으아아아아아아아아아!"

차가운 계곡물에 머리를 감으면 두피가 떨어져 나갈 것 같습니다. 하지만 다른 방법이 없습니다. 산속에는 샤워 시설이 없거든요. 예전에는 몸서리치게 싫어하면서 찬물로 씻었는데, 요즈음에는 일부러 찬물에 샤워를 하고 있습니다. 뇌 건강에 좋다는 이야기를 들었거든요. 12월에 찬물로 샤워를 해도 전혀 춥지 않습니다. 모든 일은 마음먹기 달린 모양입니다.

　숲에는 비가 내렸고, 우리는 모두 비에 젖었습니다. 길에서 우연히 얻은 옥수수는 너무 딱딱해서 도저히 먹을 수가 없는 상태였습니다. 하지만 오랫동안 숲속을 걷고 비에 흠뻑 젖은 상황에서는 모든 탄수화물이 다 소중합니다. 여름에는 비에 젖은 옥수수와 비에 젖은 빵, 겨울 조사에는 얼어 버린 김밥과 얼어 버린 물이 숲에서 일하는 사람들의 점심입니다. [현실을 전합니다] 사실 평소에는 잘 챙겨 먹습니다. 숙소에 가서 옷 갈아입고 멀쩡한 음식 먹으면 되는데, 왜 빗속에서 궁상맞게 옥수수 먹으면서 사진을 찍었는지는 저도 잘 기억나지 않습니다. 하지만 비에 젖은 빵과 옥수수, 얼어 버린 김밥과 물을 먹은 것도 실화입니다.

　서울에서 평창의 가리왕산까지 출장을 다녔습니다. 산꼭대기에 살고 있는 분비나무 군락의 생태 조사를 위해 기상 센서를 설치해야 했거든요. 겨울이 되면 눈 때문에 산꼭대기에 올라가기 어려워지니까 눈이 내리기 전에 가려고 했습니다. 금요일 오후에 수업이 끝나자마자 평창으로 이동했는데, 하필 도착한 날 밤에 첫눈이 내리기 시작했습니다.

　"우리 내일 아침에 산에 올라갈 수 있어요?"

　"야, 눈이 녹기 전에 가야 해. 안 그러면 못 올라가."

　이게 맞는 말인지는 잘 모르겠지만, 박사님께서 그러다고 하시니까 새벽에 출발해 눈 덮인 산을 오르기 시작했습니다. 어쨌든 우리는 산에 올랐고, 일을 마친 뒤 무사히 산을 내려왔습니다. 휴, 다행입니다.

　기상청에서 알려 주는 날씨 정보는 사람들이 살아가는 곳 근처 어딘가에 있는 기상 관측 장비에서 측정된 데이터들을 바탕으로 수학적인 방법을 통해 산출된 추정치입니다. 실제로 산꼭대기에서 살아가는 분비나무가 느끼는 온도와 습도와는 다를 수 있습니다. 산꼭대기에는 사람도 살지 않고 기상 관측 장비도 거의 없기 때문에 추정치 또한 정확하지 않을 가

능성이 큽니다. 그래서 우리는 직접 산에 올라간이 기상 관측 장비를 설치하고 실제로 온습도의 변화를 오랫동안 조사했습니다. 요즘은 아마도 기계가 더 작고 튼튼해졌을 테고, 더 다양한 데이터를 더 정확하게 측정할 수 있을 테고, 원격 조종이나 무선 통신도 가능해졌겠죠? 그래도 숲을 연구하는 사람들의 삶은 여전히 고될 겁니다. 또 여전히 낭만적일 테고요.

"아들아, 너는 공부 열심히 해서 펜대만 굴리고 살아라."

저를 힘들게 키우신 어머니께서는 종종 이런 이야기를 하셨습니다. 하루하루가 쉽지 않으셨겠지만, 아마도 저런 이야기를 하신 날은 평소보다도 더 힘든 날이셨나 봅니다. 저는 착한 아들이었고, 엄마 말씀대로 공부를 열심히 했습니다. 한다고 했는데, 정신을 차려 보니 비 맞으면서 산 타고, 비 맞으면서 땅 파고, 돌과 흙을 짊어지고 산을 오르내리고, 야생동물을 쫓아다니고, 나뭇가지 자르고, 곤충 잡고, 쥐 잡고, 더운 날은 더운 곳에서, 추운 날은 추운 곳에서 일하는 생태학자가 돼 있었습니다.

'아… 공부를 더 했어야 했나….'

어린이 여러분, 엄마 말씀 잘 들으세요.

시간이 꽤 지났습니다. 분비나무들은 잘 지내고 있을까요? 언젠가 가리왕산의 분비나무를 다시 만나 보고 싶습니다.

나무의 일생에도 행운과 시련이 있다

아내는 자연을 사랑하는 사람입니다. 자연의 경이로움과 아름다움에 감
동할 줄 아는 사람입니다. 말랑말랑하고 성실한 생태학 박사이며, 마음이
따뜻한 활동가입니다. 나무 위에 지어진 트리하우스를 꿈꾸고, 커다란 나
무 위에 올라앉아 책을 읽는 것을 좋아합니다. 존재하는 것만으로 주변을
더 좋은 곳으로 만드는 사람입니다. 아내가 지속 가능하게 이타적인 삶을
살 수 있도록 튼튼한 울타리가 되어 드리는 것이 저의 소임입니다.

    나무는 아주 작은 씨앗으로부터 시작돼 늙고 큰 나무인 노거수가 될 때까지 자랍니다. 사람의 청소년기처럼 빠르게 자라는 시기도 있고, 완전히 자란 후에는 성장 속도가 느려지기도 합니다. 나무의 주변 환경이 좋아지면서 생장이 빨라지면 나이테의 간격이 넓어집니다. 반대로, 자라는 중에 환경이 좋지 않은 시기를 만나거나 시련을 겪으면 나이테의 간격이 좁아집니다. 나무의 삶은 대부분 나이테에 기록됩니다. 우리는 그 나이테를 들여다보면서 나무의 삶을 추측합니다.

    크고 훌륭한 나무로 자라기 위해서는 성장의 과정 또한 훌륭해야 합니다. 나중에 산들이가 아빠와 엄마가 살아온 삶의 나이테를 들여다보았을 때, 그 기록들이 건강하고 행복하기를 바랍니다.

　숲은 여러 그루의 나무들로 이루어져 있습니다. 나무들이 곁에서 보기에는 비슷한 모양과 크기를 가지고 있더라도 각자의 역사는 전혀 다를 수 있습니다. 러시아의 숲처럼 역사가 오래된 숲에서는 각자의 사정이 더 다양합니다. 운 좋게 밝은 곳에서 태어나 빠르게 자란 나무도 있는 반면, 그늘에서 버티며 어두운 어린 시절을 오래 견딘 나무도 있습니다. 각각의 나무들은 각자의 역사를 가지며, 그 역사들이 모여서 숲의 역사가 됩니다. 우리네 삶도 비슷합니다. 행운이 누군가를 성공으로 이끌기도 하고, 시련이 누군가에게 성장의 발판이 되기도 합니다. 서로 다른 시간을 지나 현재를 살아가는 우리는 모두 하늘을 떠받치는 큰 나무입니다.

우리 숲의 원형을 찾아 러시아로

분비나무 연구를 위해 블라디보스토크에서 수백 킬로미터 떨어진 러시아의 숲에 갔습니다. 가장 가까운 마을이 차로 두 시간이나 걸릴 정도로 아주 깊은 숲속이었습니다. 전기도 없고, 수도도 없고, 전화도 없었습니다. 호랑이가 있고, 곰이 있고, 진드기가 있었습니다. 우리는 그곳에서 잃어버린 우리 숲의 오래된 원형을 찾아 헤맸습니다. 그곳은 가늠할 수 없이 오래된 숲이었고, 우리는 그 숲을 잠시 스쳐 지나갔습니다.

　러시아의 숲속에는 부탄가스가 없습니다. 그래도 밥은 먹어야 합니다. 점심시간이 되면 우리는 숲속으로 흩어져서 땔감으로 쓸 나뭇가지들을 주워 모읍니다. 비가 와도 걱정이 없습니다. 우리는 생태학자니까요. 비에 젖어도 자작나무 껍질에는 불이 붙습니다. 송진을 머금은 분비나무와 가문비나무의 마른 가지는 젖어도 땔감으로 쓸 수 있습니다. 우리는 숲에서 얻은 연료로 불을 피우고, 점심을 먹고, 차를 마십니다.

러시아의 숲속에서는 차를 마시는 시간이 아주 중요합니다. 각자 오전
내 조사한 내용과 오후 계획을 공유합니다. 차와 함께 사탕이나 초콜릿을
먹으면서 당분을 보충합니다. 흡연자는 하늘과 나무를 보면서 담배를 피
웁니다. 생각을 정리하고 근육을 이완시키고 따뜻한 차로 몸을 덥힙니다.
달콤한 휴식을 마치고 우리는 다시 숲으로 돌아갑니다.

추운 날씨가 오래 이어지는 한대림은 눈이 나 비가 많이 오는 생태계는 아닙니다. 하지만 날씨가 추워서 증발량도 많지 않기 때문에 숲의 바닥은 늘 축축합니다. 축축한 숲 바닥의 물을 바탕으로 나무도 잘 자라고 곤충도 잘 자랍니다. 우리의 연약한 피부를 괴롭히는 수많은 곤충들이 끝없이 주변을 날아다닙니다. 한국의 숲에 전혀 뒤지지 않는 양의 모기들이 항상 주변을 날아다닙니다. '그누스'라고 부르는

초파리처럼 생긴 곤충이 있는데, 모기처럼 점 잖게 피를 빨아먹는 게 아니라 작은 입으로 피부를 깨무는데 꽤 따갑고 성가십니다. 크기가 작아서 방충망으로도 막을 수가 없습니다. 물린 자리의 피부는 곧 부어오르고, 오랫동안 가렵습니다.

"으아! 그누스니!"

'그누스'의 이름을 딴 러시아 욕을 배웠습니다.

　숲속에 있는 통나무집에서는 디젤발전기를 돌려 하루 두 시간 동안 전기를 쓸 수 있습니다. 짧은 시간 동안 우리는 노트북과 장비를 충전하고, 이런저런 작업들을 마쳐야 합니다. 낮 시간 동안의 조사 결과가 담긴 노트의 데이터를 노트북으로 옮깁니다. 데이터를 입력할 때는 불빛이 있어야 하는데, 방에는 불빛이 충분하지 않습니다. 부엌 옆에 있는 테이블에는 충분한 불빛이 있지만, 그 불빛에 이끌린 곤충들도 잔뜩 모여 있습니다. 온 몸과 얼굴을 가리고 데이터를 입력합니다. 숲속의 짧은 밤은 이렇게 흘러갑니다.

　고등학교 2학년 겨울방학에 공부를 하겠다며 친구와 숲속에 있는 학교에 머문 적이 있었습니다. 2주간 공부는 전혀 하지 않고 장작만 패다 나왔는데, 그 경험이 나중에 이렇게 요긴하게 쓰일 줄은 몰랐습니다. 도끼를 휘둘러 장작을 패는 시간은 정말 즐겁습니다. 쉬는 시간에는 장작을 패고 또 팹니다. 잘게 쪼갠 장작으로 난방도 하고, 요리도 합니다. 나무꾼이라는 직업은 직관적이고 또 낭만적입니다.

　　러시아의 숲속 연구소에서 키우고 있는 골다라는 이름의 강아지입니다. 원래는 다섯 마리의 강아지가 있었는데, 한 마리씩 사라졌고 골다가 마지막 남은 강아지입니다. 저 사진을 찍고 한 달 뒤에 골다도 사라졌습니다. 강아지들은 어디로 갔냐고요? 호랑이에게 물려 갔습니다. 농담이냐고요? 진담입니다. 호랑이가 모든 강아지를 물어 가고 나면 강아지들을 다시 데려온다고 합니다. 사람이 물려 갈 수는 없으니까요. 러시아의 숲은 이렇게나 대자연입니다. (사진은 만취 상태에서 촬영되었습니다. 평소에는 저 정도로 다정하게 강아지를 대하지 않습니다.)

러시아의 숲속 연구소에서 숙소로 쓰는 나무집입니다. 나무집의 앞마당에는 이런저런 풀꽃들이 자유롭게 저마다의 향기를 뽐내고 있습니다. 나중에 한국으로 돌아와 나무집 앞마당에서 딴 꿀로 만든 차를 마신 적이 있습니다. 꿀 안에는 러시아 숲속 연구소 앞마당의 풀꽃 향이 오롯이 담겨 있었습니다. 풍경이 그대로 담겨 있는 꿀은 아주 좋은 선물입니다.

마을의 정원에서는 꽃을 정하고, 풍경을 정하고, 향기를 정할 수 있습니다. 정원의 향기를 담은 꿀은 마을의 차가 되고, 마을의 빵이 되고, 마을의 과자가 됩니다. 언젠가 마을의 향기를 담은 도시 양봉 프로젝트를 만나 보고 싶습니다.

"우성, 장비의 날은 항상 날카롭게 유지해야 해."

러시아의 대자연 속에서 항상 저를 지켜 주었던 친구들입니다. 길을 안내해 주고, 조사를 도와주고, 나무를 잘라 주었습니다. 함께 점심을 먹고, 차를 마셨습니다. 조사 기간이 끝나고 헤어지기 전 이야기를 하다 보니 연구원이 아니라 십대 청소년들이었습니다. 저는 늘 보호받는 입장이라 저 친구들을 아빠나 삼촌처럼 생각했는데 다시 보니 앳된 소년이었습니다. 저보다 열 살이나 어린 친구들이었습니다. 지역 숲의 안내자는 지역 청년들이어야 합니다.

전기가 없는 깊은 숲속에서의 조사가 끝나고 도시로 나왔습니다. 도시의 생태학자는 도시에서 할 일이 있습니다. 전기가 있는 도시에 머무는 동안 모든 아날로그 데이터를 디지털 데이터로 바꿔야 합니다. 노트에 적혀 있는 글과 숫자들을 컴퓨터에 입력합니다. 간단한 분석을 진행하고, 글을 정리하고, 조사 보고를 작성합니다. 밀린 메일들을 확인하고, 빠르게 답변합니다. 끊어졌던 관계들을 다시 연결하고 세상으로 돌아갈 준비를 합니다.

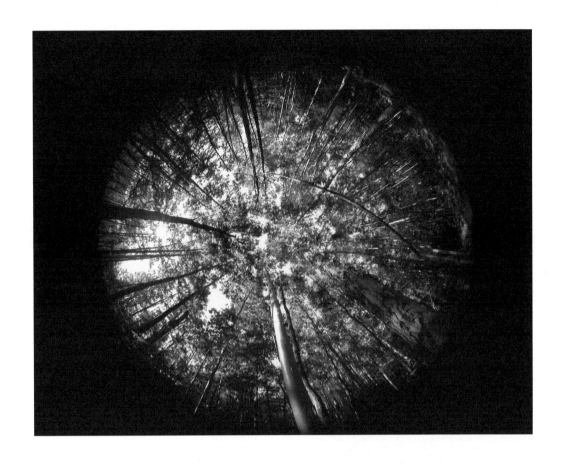

숫자들로 숲을 알아가기

"통계로 거짓말하기는 쉬워도, 통계 없이 진실을 말하기는 어렵습니다."

생태학에서는 다양한 관계에 관해 이야기합니다. 식물과 빛, 식물과 물, 식물과 불, 식물과 곰팡이, 식물과 토양, 식물과 동물, 식물과 식물, 숲에는 셀 수 없이 많은 관계들이 복잡하게 얽혀 있습니다. 숲은 거대하고, 복잡하며, 그 경계를 구분하기 어려운 경우가 많습니다. 생태학자들은 복잡하고 연속적인 현상들을 측정하고 수치화하는 방법들에 대해 고민합니다. 예를 들어 이런 사진을 찍고 초록색 픽셀과 하늘색 픽셀의 수를 세어 숲이 얼마나 빽빽한지를 숫자로 나타냅니다. 그리고 그 숫자와 숲의 다른 요소들 사이에서 통계적으로 의미 있는 관계들을 발견하기 위해 노력합니다. 이러한 노력을 통해 생태학의 위대한 이론들이 만들어지고, 우리는 숲을 조금 더 알아갑니다.

제가 러시아의 숲속에 고립돼 있는 동안 아내는 필리핀의 열대림에서 토양의 호흡을 측정하고 있었습니다. 토양이 호흡하냐고요? 네. 정확히는 토양 속에 살고 있는 미생물들이 호흡합니다. 미생물들은 식물이 떨어뜨린 잎이나 가지, 혹은 동물의 사체나 배설물 같은 복잡한 탄소들을 먹고, 이산화탄소라는 단순한 탄소들을 배출합니다. 식물들은 이렇게 공기 중으로 배출된 이산화탄소를 먹고, 광합성을 통해 녹말이나 포도당 같은 복잡한 구조의 탄소를 합성합니다. 생태계에서 탄소는 식물에 의해 복잡해지고, 미생물에 의해 단순해집니다. 한새롬 학생은 탄소가 어디에 얼마나 저장되고, 얼마나 많은 양이 얼마나 빠르게 이동하는지를 연구했습니다. 무슨 말이냐고요? 저도 잘 모릅니다. 그저 아내가 하는 훌륭한 일들 중 하나일 뿐입니다.

　필리핀의 열대림에서 탄소가 어떻게 저장 되고 순환하는지에 관한 연구로 아내는 석사 학위를 받았습니다. 읽지도 않는 두꺼운 전공 서적을 가방에 넣고서는 인천에서 서울까지 통학도 하고, 학교 근처에서 자취도 하고, 기 숙사에서도 살고, 연구실 간이침대에서도 살 았습니다. 매일 저녁 여섯 시가 되면 너무 힘 들다고 울었고, 밤에는 논문을 펴자마자 잠들

었습니다.

　하지만 아내는 늘 숲을 사랑했고, 눈이 밝 았으며, 몸과 마음이 건강했습니다. 남자 보는 눈이 부족한 것만 빼면 모든 것이 완벽한 사람 이었습니다. 한새롬 석사님! 졸업 축하해! (이 시기까지는 같은 석사라 반말함.)

아내는 지금 빛의 양을 측정하고 있습니다. 열대림은 온대림이나 한대림보다 지표면에 도달하는 빛의 양이 많습니다. 위도에 따른 차이도 있지만, 초원처럼 개방된 장소와 어두컴컴한 숲의 바닥은 들어오는 빛의 양이 다릅니다. 당연한 이야기 아니냐고요? 우리는 그 당연한 이야기를 증명하기 위해 빛의 양을 측정해 수치화하고, 그 수치가 다른 수치들과 어떤 관계를 갖는지를 연구합니다. 빛이 잘 들어오면 식물이 잘 자랄까? 빛이 잘 들어오면 미생물이 활발하게 활동할까? 다양한 가설들을 세우고 그 가설들을 통계적으로 검증하기 위해 빛, 온도, 산성도, 토양 호흡, 식물의 생장 등의 데이터를 정확히 측정하기 위해 노력합니다.

아내는 지금 바람의 방향과 속도를 재고 있습니다. 기상청 데이터가 있지 않냐고요? 필리핀의 열대우림 속에도 그런 데이터가 있을까요? 가장 가까운 기상 관측소가 있는 지점의 풍향과 풍속이 어떠하든 숲속과는 다를 겁니다. 우리는 숲속에 사는 생물들이 실제로 겪는 바람의 방향과 속도를 측정하기 위해 다양한 노력을 합니다. 이를 '미세 기상'이라고 하는데, 우리네 삶 속에서도 비슷한 상황들이 많습니다. '대한민국 국민 평균 소득이 000원이라고 하는데 내 월급은 왜 000원이지?' 우리는 그것을 '미세 월급'이라고 합니다. (전혀 사실 아님.)

아내는 박사 과정 동안 기후 변화가 식물에 어떻게 영향을 미치는지에 관한 연구를 수행했습니다. 기후가 더워진 것과 유사한 상황을 만들기 위해 비계를 설치하고 전기를 연결해 적외선램프로 땅을 가열했습니다. 다양한 해외 사례들을 검토하고, 시스템을 설계하고, 실제로 구현하고, 설치가 완료된 이후에는 식물들의 발아와 성장을 유심히 살폈습니다. 작은 식물들이 더워진 기후에서 얼마나 스트레스를 받는지, 잘 자라는지 못 자라는지, 광합성은 잘 하는지, 미생물 군집은 어떻게 변하는지 등 다양한 연구들을 수행했습니다. 통제되지 않은 대자연은 대자연이라서 어렵고, 통제된 실험은 실험이라서 어렵습니다.

야외에서 오랜 시간 동안 진행되는 아내의 실험은 여름은 여름대로 힘들고, 겨울은 겨울대로 힘들었습니다. 특히 여름이 힘들었는데, 기온을 조절하는 장치들이 들어 있는 컨테이너는 그 자체로 거대한 찜통이었습니다. 땀을 뻘뻘 흘리면서 데이터를 다운받고, 기계를 점검했습니다. 컨테이너 밖은 뙤약볕이었고, 게다가 인위적 온난화 처리를 통해 식물과 토양을 가열하기 위한 장치가 온 사방에서 열을 내뿜고 있었습니다. 여름 연구는 하루하루가 진이 빠지는 날들이었습니다. 하지만 석사 때보다는 덜 울었던 것 같습니다. 어엿한 박사님으로 자라나고 있었기 때문이었을까요?

숲속 미생물의 세계를 찾아서

저는 석사 과정에서 식물을 다루었지만, 박사 과정에서는 미생물에 관해 연구했습니다. 미생물은 우리 눈에 보이지 않습니다. 현미경으로 들여다본 미생물들은 다 비슷하게 생겼습니다. 눈으로 구분하는 것은 불가능의 영역입니다. 제가 공부했던 연구실에서는 DNA를 통해 미생물을 연구했습니다. 눈으로 보이는 세계를 다루던 사람이 눈으로 보이지 않는 세계를 다룬다는 것은 익숙하지 않고 또한 낯선 일이었습니다. 눈이 아니라 논리와 상상으로만 현상을 추론하고 이해해야 했습니다. 저는 더듬더듬 보이지 않는 길을 걸었습니다.

　　생물지리학 연구실의 가족들입니다. 영국에서 오신 아담스 교수님 외
에 중국, 인도, 튀니지, 남아프리카공화국 등 다양한 나라에서 온 친구들
로 구성돼 있습니다. 연구실은 늘 시끄러웠고, 자유분방했고, 약간 엉망
이었습니다. 우리는 생물이 어떤 패턴으로 분포하는지, 무엇이 생물의 분
포를 결정하는지 고민했습니다. 세균, 고세균, 곰팡이, 선충 등 다양한 생
물을 다루었고, 열대, 온대, 사막, 초원, 북극 등 다양한 생태계를 탐험했
습니다. 우리는 세계의 다양한 곳으로부터 모였고, 다시 세계의 다양한
곳으로 흩어졌습니다.

　　위도와 고도가 토양의 미생물에 미치는 영향을 알아보기 위해 전국 출
장을 계획했습니다. 호남, 영남, 충청, 경기, 강원 등 전국의 주요 숲을 지
도에 표시하고 출발했습니다. 캐나다에서 온 여학생 둘이 함께했습니다.
운전하고, 땅 파고, 운전하고, 땅 파고, 운전하고, 땅 파고, 운전하고 땅을
팠습니다. 토양이 한 상자를 채울 만큼 모이면 근처 우체국에 들러 서울
에 있는 연구실로 택배를 보냈습니다. 그리고 다시 운전하고 땅 파고를
반복했습니다. 세상에 팟캐스트가 없었다면 저와 학생들은 졸음운전으
로 객사했을지도 모릅니다. 감사합니다. 저희를 살리셨어요.

생태학에는 섬생물지리학(Island biogeography)이라는 위대한 이론이 있습니다. 생물 다양성은 섬의 크기에 비례하고, 본토와의 거리에 반비례한다는 내용인데, 여기에서 파생된 수많은 이론들이 있습니다. 전설의 생물학자 에드워드 O. 윌슨은 이 이론을 수학적으로, 그리고 실험적으로 증명해 냈습니다.

우리는 남해안 무인도서 조사에 참여해 무인도의 크기, 본토와의 거리가 토양 미생물의 다양성에 어떤 영향을 미치는지에 관한 연구를 진행했습니다. 꽤 의욕적으로 진행했던 연구였는데 흥했는지 망했는지 이제는 연구 결과도 잘 기억이 나지 않습니다. 섬이 아름다웠던 것만 기억이 납니다. (어휴.)

　열대우림의 미생물 연구를 위해 말레이시아 산림연구소(FRIM; Forest Research Institute of Malaysia)를 방문했습니다. 저는 열대림이 처음이었고, 미생물 연구도 익숙지 않았습니다. 말레이시아 산림연구소에는 연구에 필요한 소모품이 충분치 않았습니다. 호와이문Ho Wai Mun 박사님은 어미 새처럼 저를 보살펴 주셨습니다. 매일 차로 데리러 와 주고 아침을 사다 줬습니다. 저는 아기 새처럼 삐악삐악거리면서 모이를 받아먹고 주어진 과제들을 처리했습니다. 호와이문 박사님께서 저를 그렇게나 보살펴 주셨지만 저는 훌륭한 연구자가 되지 못했습니다. 연구, 어려워요.

    아내는 바쁜 시간을 쪼개 말레이시아를 방문했습니다. 열대림 연구의
선배로서 열대림에 대해 다양한 이야기를 들려줬습니다. 또한 숲속에서
진행되는 현장 연구에도 기꺼이 함께해 줬습니다. 우리는 함께 나시르막
을 먹고, 함께 땅을 파고, 함께 모기에 물렸습니다. 산거머리에 머리를 물
리고는 뭐가 그리 재미있었는지 한참 동안 함께 거머리를 관찰했습니다.
우리는 아직도 여전히 함께 숲에 있습니다.

북극의 미생물이 국제 질서도 바꾼다

미생물 연구를 위해 북극에 갔습니다. 눈과 얼음으로 덮인 아무것도 없는 땅을 상상했지만, 여름의 북극은 그런 곳이 아니었습니다. 백야 현상으로 하루 종일 해가 지지 않았고, 온도는 적당하게 유지됐습니다. 식물들은 쉴 새 없이 자랐고, 들판 여기저기에 귀여운 꽃을 피웠습니다. 순록들은 자다 깨다 하면서 하루 종일 먹었습니다. 바다에서는 플랑크톤과 크릴이 풍부한 해양생태계를 부양했습니다. 고래와 북극곰을 부양할 수 있을 정도로 풍요로운 생태계가 그곳에 있었습니다. 이곳에서 우리는 보이지 않는 작은 생물들의 삶에 대해 연구했습니다.

우리가 묵은 북극의 다산기지는 노르웨이

령 스발바르 제도에 있습니다. 2층 건물 중 위층은 숙소와 회의실로 사용하고, 아래층은 실험과 분석을 위한 연구실로 사용합니다. 다산기지에는 극지연구소를 중심으로 수많은 연구자들이 다녀갔으며 북극의 기후 변화와 생태계, 빙하, 해류, 자원과 토양에 관한 연구를 수행하고 있습니다. 당당한 연구자처럼 팔짱을 끼고 있지만 사실은 생산성이 시원치 않은 연구자였습니다. 그래도 연구 과정은 즐거웠습니다.

이 곳은 북극곰이 돌아다니는 지역입니다. 가끔 공지사항 게시판에 기지가 있는 마을에 곰이 들어온 사진이 올라오곤 합니다. 안전한 연구를 위해 연구자들은 총기 사용 교육을 받습니다. 총기와 무전기를 챙겨야 기지 밖으로 나갈 수 있습니다. 늘 주위를 경계하며 조심스레 현장 연구를 진행합니다. 북극곰을 만나면 총으로 쏠 수 있냐고요? 북극곰은 굉장히 소중한 친구들입니다. 아마도 북극곰을 사살하면 다른 문제가 발생하지 않을까요? 서로 마주치지 않기만을 기도할 뿐입니다.

우리가 연구를 수행한 다산기지는 스발바르 제도의 스비츠베르겐섬에 위치하고 있습니다. 일부 섬을 제외하고 북극의 대부분은 바다 위에 떠 있는 얼음들입니다. 아이스아메리카노 같은 거죠. 최근 급속하게 진행된 기후 변화로 북극의 얼음들이 녹아내리면서 미국과 캐나다, 러시아, 노르웨이, 덴마크 등 북극 연안에 위치한 나라들의 머릿속이 복잡해지고 있습니다. 북극 항로가 열리고 있기 때문입니다. 미국과 러시아는 멀리 떨어져 있지 않습니다. 북극을 경계로 국경을 마주하고 있는 나라입니다. 북극 연안 국가들만의 문제가 아닙니다. 북극 항로가 열리면 우리는 중국, 인도, 아프리카를 거치지 않고 유럽으로 배를 보낼 수 있습니다. 기후 변화는 생태계뿐 아니라 국제 정치와 안보, 경제 질서에도 영향을 미칩니다.

　낮에는 배를 타거나 차를 타고, 또는 걸어서 북극의 평원을 누볐습니다. 땅을 파고, 흙을 퍼 담고, 일어나 걷고, 다시 땅을 파고, 흙을 퍼 담고 걸었습니다. 기지에 돌아와서는 전처리 작업을 진행했습니다. 가져온 흙을 용도에 따라 선충을 분리하고, DNA를 뽑고, 체를 치고, 말렸습니다. 시료의 종류나 목적에 따라 동결 건조 처리를 하기도 했습니다. 북극은 백야현상으로 인해 여름에는 해가 지지 않습니다. 우리는 해가 지지 않는 땅에서 계속 일을 합니다. 3주간의 작업이 끝났습니다. 끝이다! 집에 가자!

그것도 다 연구에 필요하다

'어수선한 책상이 어수선한 정신을 의미한다면, 텅 빈 책상은 무엇을 의미하는가?' 알버트 아인슈타인이 한 말입니다. 한 박사님의 책상은 항상 무언가로 가득 차 있으며, 그곳에는 연구에 필요한 물건 외에도 다양한 것들이 존재합니다.

"그것도 다 연구에 필요한 것이다."

한 박사님은 늘 뜨거우셨고, 바쁘셨고, 약간은 정신없으셨지만 박사 과정을 충실하게 수행하셨습니다. 박사가 된 아내님께서 선언하셨습니다.

"나 연구 안 할래. 적성에 안 맞는 것 같아."

"저도요."

사실 박사님과 석사 연구자로서의 생산성 차이는 어마어마합니다. 박사님께서 안 맞으신 것과 석사가 안 맞는 것 사이에는 꽤 큰 차이가 있지요. 훌륭하신 박사님께서 연구를 안 하신다는데 석사인 제가 어쩔 도리가 있겠습니까? 저도 냉큼 안 하겠다고 말씀드렸습니다. 그렇게 우리는 학계를 떠났습니다.

숲에서
답을
보았습니다

걱정하는 사람들을 위한 작은 울타리

울산에 내려와서 처음 취직한 곳은 울산광역시 환경교육센터였습니다. 환경교육법에 근거한 지역 환경 교육의 거점 기관이었습니다. 울산에 처음 환경교육센터가 생긴 상황이라 연간 사업의 계획을 수립하고 예산을 배정하는 것이 중요한 일이었습니다. 센터는 새로 생겼지만 이미 기존에 각 지역에서 환경 교육 프로그램을 운영하고 있던 기관과 단체들이 있었습니다. 환경교육센터의 주요 업무는 전문가와 활동가, 시민을 연결하고 이들이 마을의 환경 문제를 함께 해결할 수 있는 환경 교육 프로그램을 개발하고 운영할 수 있도록 지원하는 것입니다. 환경교육센터는 교육의 영역에서 환경 문제를 해결하기 위해 노력하는 사람들의 작은 울타리였습니다.

　　환경교육센터에서 일하던 중 코로나19가 전 세계를 덮쳤습니다. 우리는 환경'교육'센터였고, 사람들을 '모아서' 교육을 하는 것이 주요 업무였습니다. 사람을 모을 수 없었던 우리는 재빠르게 비대면 교육을 시작했습니다. 준비 과정에서는 걱정이 많았지만, 오히려 대면 교육보다 더 많은 사람들과 함께할 수 있었습니다. 갓난아기를 안고 수업을 듣는 엄마도 있었고, 러닝머신 위에서 수업을 듣는 분도 계셨고, 느긋하게 담배를 피우면서 수업을 듣는 분도 계셨습니다. 평소 20~30명 정도 듣던 수업에 150명이 들어왔지만, 아무런 문제가 없었습니다. 우리는 서로 떨어져 있었지만 네트워크로 연결돼 있었고, 더 안전했습니다.

　지역의 환경 교육 시설, 전문가, 주요 현안을 소개하는 유튜브 영상을 만들었습니다. 환경 교육 영상은 대체로 무겁고, 진지하고, 어렵습니다. 게다가 내용이 알찬 영상들은 우리 말고도 찍을 수 있는 전문가들이 많았습니다. 그래서 우리는 지역의 환경 교육에 관한 이야기를 담되, 심각하지 않은 방식으로 이야기를 풀어 나가기 위해 노력했습니다.

　기획 회의를 하고, 가면을 쓰고, 역할극을 했습니다. 유리창에 충돌하는 새 역할, 쓰레기 봉투 뒤지는 길고양이 역할, 기후 위기에 처한 북극곰 역할 등을 연기하면서 관련된 환경 현안들을 이야기했습니다. 보는 분들이 즐거워 하셨는지는 알 길이 없지만, 영상을 만드는 과정은 즐거웠습니다.

환경 교육 교구를 사용하면 환경 교육 프로
그램의 전달력을 높일 수 있습니다. 우리는 다
양한 환경 교육 교구를 만들고, 그 교구를 활
용할 수 있는 프로그램들을 함께 만들었으며,
강사들이 프로그램과 교구를 잘 활용할 수 있
게 하기 위한 워크숍을 운영했습니다.

사진 속 교구는 울산의 철새와 텃새 모양의
스탬프입니다. 철새와 텃새를 통해 기후 변화
나 생물 다양성, 서식지 보전에 관한 이야기를
나눌 수 있게 했고, 에코백, 손수건, 그림 등 다
양한 만들기 수업에 활용할 수 있게 제작했습
니다. 교구 활용을 통해 강사들은 프로그램을
표준화하고, 학생들은 더 즐겁게 참여할 수 있
기를 바랍니다.

숲속에서 자연물을 활용한 환경 교육 프로그램에 관한 워크숍도 운영
했습니다. 종이에 밑그림을 그린 뒤 풀을 짓이기거나 진흙을 뭉쳐서 색칠
했습니다. 빨간 열매를 맺는 식물을 찾아다녔고, 운 좋게 파란 열매도 발
견했습니다. 우리는 자연에서 색을 찾는 방법을 배웠고, 자연의 색으로
그림을 채웠습니다. 어린이들이 숲속에서 건강하고 행복하게 자랄 수 있
는 미래를 꿈꾸며 우리는 숲 환경 교육 프로그램을 만듭니다.

우리는 지역의 문제와 뜨겁게 마주하는 수많은 활동가가 필요했습니다. 누군가는 교육하고, 누군가는 알리고, 누군가는 무언가를 만들고, 누군가는 사람들을 연결했습니다. 사람들은 저마다의 재능이 달랐고, 우리는 그 사람들이 제자리에서 잘하는 일을 할 수 있도록 하기 위해 많은 고민을 했습니다. 교육 운영을 위한 예산 여부와 관계없이 부족한 역량을 키우기 위한 다양한 교육을 진행했습니다. 글쓰기 교육, 말하기 교육, 프로그램 사용 교육, ChatGPT를 비롯한 다양한 AI 활용 교육을 진행했습니다.

대학교 전공 서적을 가지고 공부 모임을 운영하기도 하고, 동아리 기반의 생물 다양성 탐사도 운영했습니다. 여럿이 모여서 하기도 하고, 아주 작은 그룹으로 진행하기도 했으며, 평일 저녁과 주말에도 교육이 진행됐습니다. 사람들은 조금씩 활동가로, 강사로, 작가로, 시민과학자로 성장했습니다. 이제는 더 많은 사람들과 함께 숲을 마주하고 서 있습니다.

공생의 테이블을 차리다

숲의 문제를 해결함에 있어서 지자체의 역할은 아주 중요합니다. 울산생명의숲은 울산광역시 북구와 함께 많은 일을 했는데, 그 과정과 결과가 모두 훌륭했습니다. 북구는 폐선 부지를 걸어서 즐길 수 있는 평지의 숲으로 바꾸는 아름다운 계획을 수립했습니다. 아무도 찾지 않는 도로변 차단 녹지를 사람들에게 돌려주기 위해 길을 만들고 숲을 정비했습니다. 공원의 문제, 가로수 문제, 해안 숲의 문제를 고민하고 해결하기 위해 노력했습니다. 그 고민의 과정을 시민사회와 함께했고, 기업과 함께했으며, 주민들의 의견에 귀 기울였습니다. 구청장님과 부구청장님, 공원녹지과의 담당 공무원들 모두 뜨겁게 일했습니다. 북구의 숲은 더 넓어지고, 더 건강해지고, 연결성을 회복하는 중입니다.

2020년 울주군 웅촌면에 산불이 발생했고, 우리는 200헥타르의 숲을 잃었습니다. 산불 피해지 복구를 위해 울산생명의숲은 SK이노베이션, 울주군, 울산산림조합과 함께 현장을 찾았습니다. SK이노베이션은 농어촌 상생협력기금을 통해 산불 피해지 복구 예산 10억 원을 기부했습니다. 울주군은 복원 계획을 수립했고, 울산생명의숲과 울산산림조합은 복원 계획의 틀 안에서 올바른 방식으로 숲을 복원하기 위해 노력했습니다.

우리는 나무를 심는 사람들입니다. 다시 푸르른 숲이 저 땅에 자리 잡을 수 있도록 나무를 심고 또 가꿉니다.

SK는 그룹 계열사 중 SK임업이 있을 정도로 나무 심기에 진심인 회사입니다. 약 1,000억 원의 예산을 들여 울산대공원을 조성했고, 세계 여러 곳에 나무를 심고 숲을 가꿉니다. SK이노베이션에서는 산불 피해지 복구를 위한 예산 지원뿐 아니라 직원 분들께서도 정말 뜨겁게 나무 심기에 참여해 주셨습니다. 초상권 문제로 직원 분들의 행복한 표정이 담긴 사진을 담을 수 없음이 한없이 아쉽습니다. 나무를 심고 숲을 만드는 길에 함께해 주신 모든 분들께 감사드립니다.

　이런저런 이유로 관리 주체가 모호해져 버린 공원이 있습니다. 상태가 좋지 않은 나무가 아무렇게나 심어졌고, 관리되지 않은 채 죽어 가고 있었습니다. 어딘가에서 날아온 버드나무 씨앗들이 자리를 잡았고, 칡과 환삼덩굴이 공원을 뒤덮었습니다. 사람들은 일회용 컵과 담배꽁초를 버렸고, 누군가는 의자와 서랍도 버리고 갔습니다. 토지 소유주는 어찌할 바를 몰랐고, 구청은 관리 주체가 아니라 예산을 집행하기 조심스러웠습니다. 이런 문제들은 우리 주변을 걱정하는 시민들의 관심과 참여로 해결할 수 있습니다.

　스타벅스 직원 분들이 달려와 주었습니다. 흰 셔츠가 더러워질까 좀 걱정이었지만, 초록 앞치마는 정말 잘 어울렸습니다. 예초기로 잘라 낸 풀을 갈퀴로 긁어모으고, 칡넝쿨과 환삼덩굴을 걷어 냈습니다. 담배꽁초를 줍고 줍고 또 줍고, 쓰레기들을 공원 밖으로 꺼냈습니다. 우리는 새로운 나무를 심었고, 나무들의 행복을 빌었습니다. 시스템이 작동하지 않는다면 시민들이 먼저 문제 해결을 시작할 수 있습니다. 이후에는 시스템이 잘 작동할 수 있도록 관심을 가져 주어야 합니다.

울산생명의숲은 카카오메이커스와 함께 도시숲과 휴식 공간을 만들었습니다. 우리는 동해남부선 폐선 부지에 미세 먼지를 막고 탄소를 고정해 줄 어린나무들을 심었습니다. 철도가 폐선되면서 쓸모가 사라진 콘크리트 침목들을 활용해 사람들이 쉴 수 있는 벤치를 만들었습니다. 카카오메이커스에서 판매 수익의 일부로 조성한 에코씨드EcoSeed로 나무를 심고 벤치를 만드는 예산을 지원했습니다. 북구청은 땅을 제공했고, 카카오메이커스는 예산을 제공했으며, 생명의숲은 시민과 기업, 지자체를 연결했습니다. 어린나무들이 크게 자라 사람들에게 아름다운 그늘을 드리우는 그 날이 오면 작은 의자를 들고 숲으로 갈 겁니다.

울산생명의숲은 S-OIL, 울주군과 함께 신불재의 억새평원을 보전하기 위한 사업을 시작했습니다. 먼저 억새평원이 겪고 있는 문제를 규정해야 이후에 어떻게 문제를 해결할지 결정할 수 있습니다. 이를 위해 대구대학교를 중심으로 연구자, 지역 전문가, 시민사회가 함께 고민할 수 있는 구조를 만들었습니다. 항공사진을 통해 억새평원의 훼손 유형을 구분하고, 억새평원의 식물과 토양, 복원 공법에 관한 연구를 진행했습니다. 우리는 이 연구의 결과를 바탕으로 억새평원의 지속 가능성에 관해 논의할 겁니다. 덧) 가운데 사진이 간월재 아니냐고요? 아닙니다. 신불재로 가는 길의 사진입니다.

롯데정밀화학은 14년째 울산생명의숲과 상
자텃밭 사업을 진행해 오고 있습니다. 예전에
는 큰 공원에서 사람들에게 상자텃밭을 나눠
주는 행사를 진행했습니다. 코로나19 이후에
는 울산시교육청과의 협력을 통해 울산의 초
등학교 학생들에게 반려식물을 나눠 주고 있
습니다. 작년에는 7,500개, 올해는 4,000개의

오렌지레몬나무 화분을 전달했습니다. 화분을
받고 행복해하는 아이들의 표정을 책에 담을
수는 없지만 매년 좋은 이야기를 듣고 있는 사
업입니다. 새로 기획하고 있는 ESG사업도 잘
자리 잡을 수 있기를 바랍니다.

"독서 모임 회원들과 함께 나무를 심어 볼 수 있을까요?"

울산생명의숲으로 귀여운 전화가 걸려 왔습니다. 독서 모임 회원들끼리 환경에 관한 책을 읽고 나서 의미 있는 활동을 하고 싶은데 어떻게 해야 할지 모르겠다는 연락이었습니다. 나무를 심으려면 땅이 있어야 하고, 묘목도 있어야 합니다. 어떻게 심는지도 배워야 하고요. 고민을 하다 궁근정마을교육공동체 거점센터에 연락을 드렸더니, 기꺼이 운동장 한 켠을 내어 주셨습니다. 묘목 구입을 위한 예산이 넉넉지 않았지만 조경회사를 운영하시는 생명의숲 이사님께서 부탁드린 양보다 훨씬 많은 묘목을 보내 주셨습니다.

먼저 나무를 어떻게 심고 가꿔야 하는지에 관한 이론 수업을 진행한 뒤 운동장으로 나가 나무를 심었습니다. 더운 날씨에 아기, 어린이, 부모님 모두 많은 땀을 흘리셨습니다. 이제 궁근정에는 사과나무와 배나무, 앵도나무와 복숭아나무가 자라고 있습니다.

　저는 생태학 전공자이지만 집 밖을 나서는 일이 드뭅니다. 주부니까요. 어느 날 아내님께서 "울산에 간월산이 있는데 거기 억새 군락지가 멋있대!"라며 저를 데리고 나가셨습니다. 높은 산의 능선부에 펼쳐진 아름다운 억새 군락지는 사람들의 사랑을 듬뿍 받고 있었습니다. 사람들은 저마다 억새를 배경으로 사진을 찍고, 억새 옆에서 도시락을 먹었습니다.

　사람들이 사랑하는 억새 군락지는 자연스러운 천이 과정에 의해 다른 식물 군락으로 변해 가고 있습니다. 우리는 억새 군락지를 지키기 위해 주변에서 자라는 진달래나 물참대, 소나무를 잘라야 할까요? 과학적으로 올바른 방법, 합리적으로 예산을 절약하는 방법, 방문객이 만족하는 방법은 다 다를 수 있습니다. 우리는 어디쯤에서 어떻게 접점을 찾아야 할까요?

최근 ESG 흐름의 확산과 함께 기업의 사회적 참여에 대한 요구가 뜨겁습니다. 기업마다 사정은 조금씩 다르겠지만 사회와 환경 문제에 대한 참여 의지가 뚜렷한 경우가 많습니다. 정부와 지자체도 법과 조례에 근거해 문제를 해결하기 위해 노력하고 있습니다. 시민사회는 언제나 뜨겁게 불가능과 싸우고 있습니다. 그러나 안타깝게도 우리는 서로 단절돼 있었습니다. 우리가 협력하면 더 많은 문제를 더 빨리 해결할 수 있지 않을까요? 저는 계속 지자체와 기업의 문을 두드렸습니다. 지자체의 고민을 듣고, 해결 방안을 고민한 뒤에 제안서를 만들어 기업으로 보냈습니다. 우리는 지자체와 기업과 한 테이블에 앉아 함께 고민했습니다. 지자체는 대상 지역을 제공하고, 기업은 예산을 지원하고, 시민사회는 아이디어와 네트워크를 제공했습니다. 우리는 함께 고민하고 함께 문제를 해결하기 위한 공생의 테이블을 차립니다.

숲에 일자리를 만든다

생명의숲은 1997년 IMF 외환 위기로 일자리를 잃어버린 사람들을 위해 시민, 정부, 기업이 힘을 합쳐 만든 시민단체입니다. 우리는 나무를 심었고, 숲을 가꾸었으며, 사람들을 숲으로 안내했습니다. 우리는 여전히 꿈에 관한 이야기를 하고, 숲에 관한 이야기를 합니다. 폐선된 철도 부지를 숲으로 바꾸고, 차단 녹지와 공원을 연결하고, 우리 눈에 보이는 숲의 문제를 해결합니다. 우리는 나무를 심은 사람들이고, 앞으로 더 많은 나무를 심을 사람들입니다. 우리는 땅 위에 초록색으로 그림을 그리는 사람들입니다.

　우리는 숲에서 더 많은 일자리를 만들어야 합니다. 숲을 올바른 방식으로 경영하기 위해서는 미래를 위해 어떤 나무를 지키고, 어떤 나무를 베야 할지를 결정할 수 있는 전문가가 필요합니다. 미래를 위해 남겨지는 나무들과 작업하는 사람들이 다치지 않는 안전한 방식으로 나무를 벨 수 있는 사람들도 필요합니다. 벤 나무를 숲 밖으로 꺼내는 기술자, 베어 낸 나무를 옮기는 운전사, 베어 낸 나무로 의미 있는 것을 만들 수 있는 목수도 필요합니다. 경제성과 탄소발자국을 고려할 때 숲에서 만들어지는 거의 모든 일자리는 숲이 있는 그 지역에 만들어지게 됩니다.

　우리는 숲에서 많은 지역 일자리를 창출할 수 있고, 이는 지방 소멸을 막는 열쇠가 되어 줄 수 있습니다. 지역 균형 발전은 숲에서 출발합니다.

　나무 심기가 끝난 이후에도 할 일이 많습니다. 심은 나무들이 잘 자라고 있는지 확인하고, 묘목이 죽은 자리에는 새 묘목을 심어야 합니다. 풀들이 빨리 자라 햇볕을 가릴 수 있기 때문에 묘목이 풀보다 키가 커질 때까지 풀베기 작업도 해 줘야 합니다. 비료 주기가 필요할 수도 있습니다. 우리가 계획한 숲의 구조가 갖춰질 때까지 우리는 수많은 문제들을 해결해야 하고, 그 문제들은 정답이 모호한 경우도 많습니다. 그럼에도 불구하고 우리는 나무를 심고, 또 가꿉니다. 우리는 땅 위에 초록색으로 그림을 그리는 사람들입니다.

그린짐Green Gym은 글자 그대로 '초록 체육관'이라는 뜻입니다. 실내 체육관 대신 숲속에서 진행되는 야외 활동을 통해 개인의 몸 건강, 마음 건강을 챙기고, 자연환경과 지역 사회를 더 좋은 곳으로 만드는 활동입니다. 우리는 그린짐에서 나무 심기, 숲 가꾸기 등의 활동을 통해 근육을 단련합니다. 그리고 활동을 통해 숲에 대한 지식을 넓히고, 나무를 심고 가꾸는 기술을 배우게 됩니다. 동시에 우리 주변의 녹지는 더 아름답고 건강한 곳으로 변해 갑니다. 숲도 튼튼! 나도 튼튼! 득근득근得筋得筋 그린짐!

주변의 숲에서 우리는 다양한 문제들을 발견할 수 있습니다. 방치됐거나, 잘못된 방식으로 관리된 숲의 문제는 울산에 국한되지 않고 전국에서 만나 볼 수 있습니다. 확산을 위한 구조를 정비하면 전국에서 함께 문제를 해결할 수 있습니다. 활동가를 모으고, 문제의식을 공유하고, 나무의 생리학을 함께 공부하고, 올바른 옮겨심기와 가지치기 방식을 배웁니다.

활동가와 지자체, 주민이 함께하는 과정에서 일자리가 만들어지고 지역의 문제가 해결됩니다. 결과적으로 문제가 해결되지 않더라도 그 과정이 훌륭하면 우리는 서로 간의 신뢰를 회복할 수 있습니다. 좋은 과정 위에 만들어진 신뢰는 다음 협력으로 연결될 겁니다. 숲에는 다양한 문제들이 있고, 그 문제를 해결하는 과정이 누군가의 직업이 됩니다.

울주군 상북면 소호리에는 한국과 독일이
힘을 합쳐 만든 한독숲이 있습니다. 곧게 뻗
은 상수리나무와 그 아래를 지키는 전나무가
있는 숲입니다. 이 숲의 이야기는 많은 사람들
을 매료시켰고, 우리 가족이 울산으로 내려와

자리 잡는 데 든든한 터전이 되어 주었습니다.
사람들은 한독숲을 키웠고, 한독숲은 산들이
와 우리 가족을 키웠습니다. 이곳에서 백년숲
사회적협동조합의 이야기가 싹을 틔웠습니다.

　　김수환 선생님은 울산의 숲과 환경, 노동과 삶에 관해 오래 고민해 오셨습니다. 오래 누적된 고민 위에 훌륭한 전문가들이 연결되고, 한새롬 박사가 합류하면서 백년숲 사회적협동조합이 만들어졌습니다. 우리가 만나는 주변의 숲 대부분은 만들어진 지 오십 년 정도 된 숲입니다. 백년 숲 사회적협동조합은 이런 오십 년 숲들이 다음 오십 년을 건강하고 행복하게 살아 내고 백년 숲으로 나아갈 수 있게 하기 위한 고민을 담아 만들었습니다. 백년숲 사회적협동조합은 한 살 아기나무부터 백 살 어른나무까지 고루 자랄 수 있는 건강하고 가치 있는 숲을 꿈꿉니다. 그러한 숲을 위해 다양한 정책 연구를 수행하고 사람과 마을과 숲을 연결하기 위한 교육과 캠페인, ESG 사업을 운영하고 있습니다.

최초로 백년숲 사회적협동조합이 둥지를 틀었던 상북 사무실은 가혹한 곳이었습니다. 여름에는 더워서 일을 못 하고, 겨울에는 추워서 일을 못 하는 곳이었습니다. "다운동에 있는 집으로 옮길래? 여기보다는 낫지 않을까?" 백년숲의 직원들은 다운동의 집을 뜯어고치기 시작했습니다. 방범창을 뜯어 내고, 도배와 장판을 손보고, 수십 개의 조명을 바꿔 달았습니다. 부엌을 리모델링하고, 통창을 달고, 정원을 갈아엎었습니다. 매일매일 당근마켓에서 중고 가구를 실어 날랐습니다. 백년숲 사회적협동조합의 새 둥지는 그렇게 만들어졌습니다.

"정원에 잡초가 너무 많아요! 끝이 없어요!"

"파쇄석을 깔아야겠어요."

누군가 제안했습니다. 백년숲 사회적협동조합에는 여자 다섯 명, 삽 한 자루, 모종삽 두 개뿐이었습니다. 하지만 그 여자 다섯 명이 예사롭지 않은 분들이었습니다. 지게차가 두 번 다녀갔고, 이분들은 파쇄석 2톤을 깔았습니다. 여름이었습니다.

백년숲 사회적협동조합의 정원도시점 사무실은 그렇게 만들어졌습니다. 이곳에서 우리는 사람을 만나고, 회의를 하고, 꿈에 대해 이야기합니다. 귀여운 아이디어들이 오고 가고, 그것들이 실제 사업으로 구현되었습니다.

아름다운 공간이 만들어지고, 아름다운 사람들이 모였습니다. 숲과 정원에 관한 이야기가 이 공간에 쌓여 갑니다.

"저기 공사장에서 벚나무를 베는데, 그냥 버린대요!"

"아저씨, 이거 가져가도 돼요?"

백년숲 연구지원팀장님이 본인 키보다 큰 벚나무 가지를 끌고 사무실로 돌아왔습니다.

그걸로 뭘 만들 수 있는지는 잘 모르겠지만 일단 가지고 옵니다. 어느새 사람들은 나무로 무언가를 만들 수 있다는 것을 잊어버렸습니다. 하지만 백년숲 직원들은 나무로 무언가를 만들 수 있다는 것을 알고 있습니다.

기후위기 시대,
대안적 삶터로서의
산촌

숲을 잘 경영한다는 것은 불가능에 가까운 일입니다. 어떤 나무를 베고, 어떤 나무를 남길지를 정해야 합니다. 실제로 나무를 베고 숲 밖으로 꺼낼 사람이 있어야 합니다. 꺼낸 나무를 필요한 곳까지 최소 비용으로 옮길 수 있어야 합니다. 무엇보다 나무를 필요로 하는 수요가 있어야 합니다. 하나하나가 달성하기 어려운 과제들입니다. 불가능에 가까운 과제에 도전하는 것은 쉽지 않은 일입니다. 수익은 일정하지 않고, 과제가 방향을 잃고 표류하기도 하고, 팀은 만들어지고 해체되고를 반복합니다. 중요한 것은 꺾이지 않는 마음이지만 마음은 수시로 꺾입니다.

우리는 길을 찾는 사람들입니다. 이제 우리는 같은 곳에서 일을 하지는 않지만, 각자 다른 일자리에서 느슨한 연결을 기반으로 숲과 마을과 평생교육과 청년의 삶에 대해 고민합니다.

숲에서 가능성을 만나다

제주에서 만난 삼나무 숲길입니다. 예전에 제주에서 삼나무 벌채와 관련해 찬반으로 나뉘어 꽤 큰 논쟁이 있었습니다. 아마도 삼나무를 그 자리에 심은 이유가 있었겠지만, 삼나무의 가치나 필요성은 시대에 따라 변하기도 합니다. 우리는 삼나무숲에서 어떤 혜택을 얻고 있으며, 삼나무숲의 미래를 어떻게 관리해야 할지 더 자주 이야기해야 합니다. 숲을 풍경으로 내버려둔 채 아무런 관심도 주지 않고 그 아름다움을 누리지도 않으면 삼나무숲에 관한 이야기가 무르익을 수 없습니다. 숲의 이용자와 관리자, 전문가가 숲에 모여서 숲의 현재와 미래에 대해 자주 이야기할 수 있어야 합니다. 숲은 기꺼이 자리를 내줄 테니 우리만 숲으로 모이면 됩니다.

경상북도 영양의 아름다운 자작나무숲입니다. 백년숲 사회적협동조합은 이곳에서 영양군 국공사림통합 산림 계획 수립을 위한 연구를 수행했습니다. 우리나라 숲의 소유 구조는 국유림 26.3%, 공유림 7.7%, 사유림 66%로 전체적으로 사유림 비중이 높습니다. 그렇기 때문에 국유림에 관한 계획만 수립해서는 숲의 문제를 해결하기 어렵습니다. 사유림이 포함된 전체 숲의 계획을 수립해야 하고, 사유림의 활용 방안이나 산주의 소득 증대 방안이 함께 고려돼야 합니다. 실행할 수 있는 계획을 수립하기 위해 우리는 영양에 오래 머물렀습니다.

　영양군은 인구 16,000명 정도의 작은 지자체입니다. 어린 학생들은 고등학교를 졸업하자마자 영양을 떠납니다. 이곳에서 뿌리내리고 살아가는 청년들은 어떤 고민을 하고, 어떤 삶을 살까요? 숲에 관한 고민은 나무나 토양에 관한 고민에 국한되지 않습니다. 청년들이 숲 가까이 살 수 있고, 숲에서 일자리를 구할 수 있어야 합니다. 우리는 다양한 삶을 살아가는 청년들을 만났고, 그들이 삶을 대하는 태도에서 많은 것을 배웠습니다.

UBC 울산방송에서는 〈지구수다〉라는 프로그램을 제작해 방영하고 있습니다. 환경에 관한 다양한 고민들을 녹여 낸 방송인데, 내용도 훌륭해서 큰 상도 여러 차례 받았습니다. 제로웨이스트숍을 만들고 운영하면서 불필요한 포장재의 문제를 지적했고, 자원순환가게를 운영하면서 분리배출과 자원 순환의 구조에 관해 이야기했습니다. 〈소소식탁〉이라는 프로젝트를 통해서는 환경과 관련된 각 분야의 전문가들을 만나고 채식 한 끼를 나누었습니다. 지역 방송이 지역과 지구의 환경을 이야기하고, 사람들의 삶을 좋은 방향으로 변화시키는 것은 아름다운 이야기입니다.

　백년숲 사회적협동조합은 UBC 울산방송이 방송한 〈지구수다〉에서 제로웨이스트숍의 운영을 맡았습니다. 실제로 물품을 판매하기 위한 구조가 필요했거든요. 아내는 제로웨이스트숍을 꾸미고, 물건을 팔고, 〈지구수다〉의 다양한 코너에 참여했습니다. 우리는 삶 속에서 폐기물을 줄이기 위해 다양한 노력을 합니다. 같은 물건이면 포장재가 없는 것을 찾고, 분리배출을 꼼꼼하게 하려고 노력합니다. 우리 삶은 너무도 많은 택배와 포장재로 가득 차 있지만 그래도 작은 변화를 향해 나아갑니다.

　제로웨이스트숍을 운영하는 아내와 응원하러 온 남편입니다. 우리는 많은 일들을 함께하지만 둘만 찍힌 사진은 거의 없습니다. 주로 제가 찍어 주는 역할이거든요. 이 날은 촬영을 담당하셨던 피디님께서 지나가던 저희 부부를 찍어 주셨습니다. 좋은 사진은 늘 귀하고 감사합니다. 방송이 끝나고 저 제로웨이스트숍도 이제는 다른 가게가 됐지만 지나갈 때마다 그 앞에 멈춰 잠시 회상에 잠깁니다. 우리는 무언가 변화를 위해 노력했고, 시간이 지나 세상은 조금씩 더 나은 곳으로 변해 가고 있다고 믿습니다.

숲에서 아름답고 낭만적인 시간을 만들어 보고 싶었습니다. 지역의 예술가들을 모아 숲속 음악회 "Live for Life"를 열었습니다. 전기 사용을 최소화하기 위해 어쿠스틱 공연을 기획하고, 파워뱅크로 음향 장비를 운용했습니다. 무대는 숲의 바닥이고, 조명은 숲 틈으로 들어오는 빛입니다. 청년들은 꽃으로 무대를 꾸미고, 귀여운 홍보 자료를 만들고, 공원을 걷는 사람들을 불러 모았습니다. 사람들은 캠핑의자 또는 돗자리에 앉거나 누워서 즐겼습니다. 사진과 글로는 담을 수 없을 만큼 아름다운 빛과 음악과 시간과 공간이었습니다.

봄날의 숲속에서 재즈 공연이 열렸습니다. 보통 재즈 공연은 밤에 실내에서 진행되는데, 낮에 야외에서 진행되는 재즈 공연에 연주자들도 즐거운 모양입니다. 꽃이 가득한 봄날 오후의 숲속에서 우리는 재즈로 가득 찬 시간을 즐겼습니다. 공원을 찾은 가족들, 자전거 타는 어른들, 휠체어 탄 할머니와 산책 나온 강아지도 모두 자리에 앉았습니다. 우리는 박수를 많이 쳤고, 크게 웃었고, 크게 혹은 작게 감동했습니다. 사람들이 더 다양한 방법으로 숲에서 행복을 찾을 수 있는 세상을 꿈꿉니다.

　아내와 저는 숲에서 15년을 함께 보냈습니다. 학생이었고, 연구자였고, 지금은 활동가의 삶을 살고 있습니다. 우리는 숲을 사랑했고, 숲에 관해 많은 이야기들을 나누었습니다. 숲의 문제를 해결하기 위해 노력했습니다. 성과도 있었고, 좌절도 있었습니다. 지금도 우리는 여전히 숲에 있습니다. 앞으로도 많은 시간을 숲에서 보내리라 생각합니다. 더 많은 시간이 흘러 은퇴한 우리가 숲을 바라볼 때, 우리의 삶을 녹여 낸 숲이 조금 더 나은 곳이 되었기를 바랍니다.

그럼,
무엇을
할까요

갈등을 해소하는 숲의 방식

저는 갈등 없는 숲은 자연스럽지 않다고 생각합니다. '갈葛'은 칡을 뜻하고 '등藤'은 등나무를 뜻하기 때문입니다. 갈등은 숲에 꼭 있어야 하는 식물들입니다. 둘 다 콩과의 덩굴식물인데, 덩굴이 서로 반대 방향으로 감아 올라가기 때문에 두 종이 얽히면 타협이 없는 치열한 경쟁 상황에 처하게 됩니다. 갈등이라는 단어는 이러한 칡과 등나무의 복잡한 상황을 빗대어 만들어졌습니다.

우리는 숲에서 다양한 갈등을 마주치게 됩니다. 갈등의 주제도 다양하고, 갈등에 참여하는 이해 당사자들도 다양합니다. 우리는 어떻게 이 문제들을 풀어 나갈 수 있을까요? 숲에 대한 과학적 이해를 단단히 하고, 새로운 대안을 제시할 수 있어야 하며, 공익을 위한 대승적 합의를 이끌어 낼 수 있어야 합니다. 생태학자들은 우리 사회의 수많은 갈등을 자연스러운 현상이라고 생각합니다. 생태계는 그렇게 만들어져 있으니까요. 하지만 법과 정책, 국가 경영은 이야기가 조금 다를 수 있습니다. 서로에 대한 이해와 유연한 전략을 통해 갈등의 해결을 이야기하고, 우리 사회의 틀 안에서 정책적 합의점을 찾아야 합니다. 생태학적 관점을 가진 사람이 있으면 갈등 해소에 도달하는 과정이 유연해집니다. 갈등을 만나고 그 갈등이 해소되는 숲을 꿈꿉니다.

산불을 줄이고 숲을 살리는 길

2022 강원도 강릉-동해 산불 피해지를 다녀왔습니다. 우리는 산불을 막을 수 있을까요? 산불은 인간이라는 종이 지구상에 등장하기 전부터 존재해 왔습니다. 그럼 태풍이나 가뭄처럼 자연스러운 현상이니까 우리에게는 아무런 책임이 없을까요? 강원도에 불에 잘 타는 소나무를 심은 산림청의 잘못일까요? 아니면 송이버섯이 돈이 되니까 소나무를 심어 달라고 요청한 주민들의 잘못일까요? 그것도 아니면 우리가 모르는 다른 원인이 뒤에 숨어 있을까요? 산불의 원인과 해결책을 이야기하는 사람은 과연 전문가일까요? 우리는 산불의 예방과 진화, 복원의 방법에 대해 더 깊이 있고 생산적인 토론이 가능해야 합니다.

산불이 나면 숲에는 큰 변화가 생깁니다. 나무와 풀, 낙엽들은 불에 타 버리고 그 과정에서 많은 양의 이산화탄소가 배출됩니다. 산불이 난 후의 토양은 물리화학적 변화로 인해 물을 흡수하기 어려운 상태가 됩니다. 비가 내리면 흡수되지 않은 물이 토양의 표면을 흐르게 되고, 그 과정에서 숲의 토대가 되는 토양들이 쓸려 가 버립니다. 토양을 잃어버린 산은 나무가 자라기 어렵게 됩니다. 산의 경사가 급하거나, 건조한 남사면일 경우 문제가 더 심각해집니다. 게다가 산불은 지형과 날씨, 숲 바닥이나 나무의 상태, 우연한 확률 등에 의해 아주 다양한 양상을 보입니다. 과정이 복잡하면 결과도 다양하고, 복원 방식을 일률적으로 정하기도 어렵습니다. 우리는 어떻게 이 문제를 해결할 수 있을까요?

2022년 봄, 우리는 경상북도 울진 삼척 산불로 20,923헥타르의 숲을, 강릉 동해 산불로 4,015헥타르의 숲을 잃었습니다. 이는 울산광역시 중구, 동구, 북구 전체를 합친 것보다 넓은 면적입니다. 우리는 산불로 너무 많은 숲을 잃었습니다. 많은 집이 불타고, 수많은 사람들이 삶의 터전을 잃었습니다. 셀 수 없이 많은 동식물이 죽거나 서식지를 잃었습니다. 산불은 매년 반복되고 있으며, 앞으로도 계속 발생할 것입니다.

산불은 지형과 기상, 연료의 영향을 받습니다. 산의 지형은 대체로 험준하고 복잡하며, 우리가 통제할 수 없습니다. 그나마 임도가 있다면 산불 현장에 진화 작업을 위한 차량과 인력이 접근할 수 있겠으나, 임도가 설치된 숲은 극히 일부에 불과합니다. 우리나라의 임도 밀도는 3.66m/ha에 불과하며, 이는 독일의 46, 일본의 13, 캐나다의 12.8, 미국의 9.5에 비해 극히 부족한 상황입니다. 산불이 발생했을 때, 헬기를 제외하고 현장 접근이 불가능에 가까운 이유가 여기에 있습니다. 밤이 되거나 기상 조건이 나빠지면 헬기도 운용이 불가능해집니다. 우리는 어떻게 안전하고 합리적인 임도를

만들 수 있을까요?

큰 산불이 난 강원도 영동지방은 매년 봄철 서풍이 태백산맥을 넘어오면서 발생하는 푄현상으로 인해 극도로 고온건조한 바람이 붑니다. 이 바람은 영동지방의 소나무숲을 바짝 말려 언제든 불이 시작되면 걷잡을 수 없이 타오를 수 있는 땔감으로 만들어 버립니다. 이 바람은 건조할 뿐 아니라 지형의 영향으로 속도까지 매우 빨라 불씨를 순식간에 먼 곳으로 이동시킴으로써 산불 대형화의 주된 원인이 됩니다. 산불의 연료도 잔뜩 준비돼 있습니다. 강원도 영동지방 숲의 대부분은 소나무숲입니다. 소나무는 침엽수로서 불에 타기 쉬운 송진

을 포함하고 있기 때문에 활엽수에 비해 산불에 취약한 종입니다. 소나무숲은 매년 봄 송진을 가득 머금고 바짝 마른 상태로 불을 기다리고 있습니다.

안타깝게도 우리는 지형과 기상을 통제할 수 없습니다. 운 좋게 진화가 용이한 곳에서 불이 시작되거나, 때마침 비가 내리는 행운을 바랄 뿐입니다. 우리는 오직 연료만 통제할 수 있습니다. 기후 변화의 시대에 더 커지고 잦아질 가능성이 있는 산불의 피해를 줄이기 위해 숲의 구조와 수종 구성을 고민해야 할 시점에 와 있습니다.

동해안에는 해안을 따라 소나무 또는 곰솔숲이 있는 경우가 흔합니다. 우리는 이 숲을 유지하기 위해 숲 바닥의 낙엽을 긁어냅니다. 숲의 바닥을 척박한 상태로 만듦으로써 다른 식물들의 성장을 막고 소나무숲이 유지될 수 있도록 하는 것이죠. 최근에는 경관 개선을 위해 소나무숲 아래 맥문동을 심는 경우도 있습니다. 소나무는 산불에 취약하고 소나무재선충병 문제도 심각하며, 기후 변화로 인해 분포 적지가 줄어들 위기에 처해 있습니다. 우리는 계속 소나무를 사랑해도 되는 걸까요?

　　우리나라 사람들은 소나무를 사랑합니다. 애국가에는 철갑을 두른 듯한 소나무의 아름다움을 이야기하는 구절이 있습니다. 한국인이 좋아하는 나무에 관한 설문 조사 결과는 항상 소나무가 압도적 1위입니다. 우리는 항상 소나무의 곁에서 살아갑니다. 우리는 척박한 땅을 지키는 소나무숲의 단순한 구조가 주는 아름다움을 사랑합니다. 살아 있는 소나무의 뿌리에서만 자라나는 송이버섯의 향을 사랑합니다. 송이버섯은 소나무숲을 기반으로 살아가는 사람들에게 적지 않은 소득을 제공합니다. 산불이 난 지역에 어떤 나무를 심어야 하는지에 관한 논의에서도 결국 지역 주민을 위해 소나무를 심어 달라는 요구가 채택되는 경우가 많습니다. 사람들은 소나무숲이 불타 버린 자리에 다시 소나무숲을 만들어 30년 뒤에는 다시 송이버섯을 채취할 수 있기를 기대합니다. 과연 30년 뒤에 소나무숲 옆에 사는 사람들은 송이버섯 채취로 다시 소득을 올릴 수 있을까요?

송이밭은 자식에게도 알려 주지 않는다는 말이 있습니다. 그만큼 송이버섯을 채취하는 사람들에게 송이밭은 소중한 곳입니다. 우리가 먹는 버섯은 곰팡이가 번식을 위해 포자를 날리는 과정에서 만들어진 자실체입니다. 송이버섯의 경우 매년 같은 자리에서 버섯이 자라납니다. 그 자리에서 버섯을 채취한 뒤, 균사체가 망가지지 않게 조심스레 덮어 두면 며칠 뒤에 다시 그곳에서 송이가 자라는 것이지요. 이 자리는 보통 낙엽으로 덮여 있어 모르는 사람의 눈에는 잘 보이지 않습니다. 그리고 넓은 산에서 송이버섯이 올라온 지점을 정확히 기억해야 하기 때문에 자식에게 알려 주기 싫어서 안 알려 주는 것이 아니라 알려 줘도 기억하기가 굉장히 어렵습니다. 송이버섯 채취 면적이 넓어질수록 송이버섯의 위치를 기억하기는 더 어려워집니다. 소나무숲이 회복되기를 기다려 30년 뒤에 자식들에게 송이버섯 채취를 알려 주는 것은 현실적으로 너무 어려운 일입니다. 산불 피해를 받은 강원도 영동 지방은 인구 감소로 인한 지역 소멸 위험 지역입니다. 30년 뒤에는 송이버섯을 채취할 사람이 남아 있지 않을 수도 있습니다.

소나무와의 이별이 다가오고 있습니다. 소나무는 빛을 좋아하고, 그늘에서는 잘 견디지 못하는 종입니다. 숲이 울창해짐에 따라 그늘에서 잘 견디는 활엽수들이 숲의 아래를 차지하면 어린 소나무는 자라지 못합니다. 시간이 지나면서 소나무숲의 면적은 서서히 줄어들 가능성이 큽니다. 치명적인 소나무재선충병의 위협도 여전히 계속되고 있습니다. 무엇보다 산불의 위협으로부터 생명과 숲을 지키기 위해 산불에 취약한 소나무숲의 면적을 줄여 나가야 합니다.

우리는 소나무와 이별할 수 있을까요? 우리는 아직도 소나무를 사랑합니다. 소나무와의 이별에는 시간이 필요합니다. 소나무에 대한 사람들의 생각을 바꿔 나가야 하고, 산불 피해 지역 주민들에게는 송이버섯이 아닌 다른 소득원을 제안해야 합니다. 우리는 지금 당장 소나무와 헤어질 수는 없습니다. 하지만 우리는 이제 소나무와 느린 이별을 준비해야 합니다.

나무로 만든 공간

"폐쇄된 채석장 부지에 환경 교육 시설을 만들지도 모른다던데?"

"그래? 이 근처잖아."

우리는 담장 너머로 비어 있는 땅을 보며 상상의 나래를 폅니다.

'사람들이 즐겨 찾기에 너무 먼 곳이 아닐까?'

'외국의 네이처센터 같은 모델을 만들기에는 오히려 좋지 않을까?'

채석장, 강변, 숲, 도심, 공원, 폐선 부지, 도시 재생 지역 등등 우리는 숲과 환경에 대한 교육을 제공할 수 있는 거점 공간이 될 만한 곳을 찾아 정말 많은 곳을 돌아다녔습니다. 하지만 여전히 울산에는 숲과 환경에 대한 체계적인 교육을 위한 공간이 없습니다. 숲과 환경에 관해 고민하는 사람들을 연결하고, 무언가 의미 있는 것을 만들고, 전시하고, 교육할 수 있는 거점 공간을 꿈꿉니다. 우리는 여전히 그 가능성을 찾고 있습니다.

경상남도 양산에 있는 아리주진이라는 카페입니다. 이 카페는 한옥 같은 형태는 아니지만 엄연히 나무로 지어진 목조 건물입니다. 울산대학교 김범관 교수님이 중목 구조를 바탕으로 설계한 현대적인 건축물입니다. 저는 언젠가 수입재가 아니라 우리 주변에 있는 나무로 목조 건물을 지을 수 있기를 희망합니다. 지역의 나무를 써서, 지역의 전문가가 설계하고, 지역의 목수가 시공하며, 지역의 숲활동가가 숲에 관한 이야기들을 쌓아 나갈 수 있는 목조 건물이 있어야 한다고 생각합니다. 그날을 위해 전문성을 바탕으로 올바르게 숲을 경영하고, 숲에서 건축재가 될 수 있는 나무를 지속 가능한 방식으로 수확하고, 국산 목재를 건축재로 쓸 수 있는 가공방식을 확립하고, 설계자와 시공자, 그리고 이용자를 찾고 연결해야 합니다. 우리 숲의 나무로 만든 우리들의 공간을 위한 여러 걸음을 준비합니다.

우리는 숲과 환경에 관한 교육, 제작, 전시가 가능한 공간이 필요합니다. 공간을 마련한다는 것은 언제나 어려운 일이지만 복합적인 목적을 갖는 공간을 구현하는 것은 더 어렵습니다. 교육 공간은 사람들이 수시로 왕래할 수 있어야 하므로 대중교통 접근성, 주차 편의성, 강의실 면적과 시설 등을 고려했을 때 도심이 유리합니다. 그러나 제작 공간은 이야기가 다릅니다. 버려지는 나무들을 수집하고, 처리하고, 건조하기 위해서는 숲과 가까운 곳에 있어야 합니다. 또한 건조에는 시간과 공간이 필요하기 때문에 넓은 면적을 저비용으로 오래 사용하기 위해서는 외곽이 유리합니다. 목재를 처리하는 곳과 교육 공간을 분리하면 되지 않냐고요? 그럼 예산이 두 배가 드는데요?

　우리는 공간을 찾아 폐교를 기웃거리고, 빈 건물을 기웃거립니다. 공인중개사를 만나러 여기저기를 돌아다니며, 임대 현수막이 붙은 건물을 보면 가던 길을 멈춥니다. 세상에는 빈집도 많고 빈 건물도 많은데 왜 교육 공간은 늘 아쉬울까요? '저기는 환경 교육을 하는 곳이구나.', '저기에 가면 환경 교육을 받을 수 있다.' 사람들이 이런 생각을 할 수 있는 구체적인 공간이 있어야 합니다. 학생이나 시민 대상 교육이 운영되는 것은 물론이고, 교사들을 위한 교육도 진행돼야 합니다. 환경 교육 강사들은 그 공간에서 역량을 강화하고, 프로그램과 교구를 개발할 수 있어야 합니다. 단편적인 교육이 아니라 깊이 있고 장기적인 교육을 운영하기 위해서도 거점 공간이 필수적입니다. 환경에 관한 교육을 하는 데 있어 거점이 되는 공간의 중요성은 아무리 강조해도 지나치지 않습니다.

환경 교육을 위한 거점 공간을 마련하는 데는 얼마나 많은 돈이 필요할까요? 전체 예산의 크기는 물론 중요하지만, 그 예산을 어떻게 마련했는지도 중요합니다. 충청남도 천안에 있는 광덕산환경교육센터에는 나무 그림이 하나 걸려있습니다. 그림의 나뭇잎 한 장 한 장은 광덕산 환경교육센터를 짓는 데 기여한 사람들의 지장拇章입니다.

사람들의 마음을 모으고, 마음을 예산으로 바꾸고, 예산으로 공간을 구현하고, 그 과정들을 기록하는 모든 과정들이 훌륭해야 합니다. 한 사람의 열 걸음보다 열 사람의 한 걸음이 더 아름답습니다.

기후 변화가 바꾼 주변 풍경

여름철새인 후투티입니다. 여름철새들은 동남
아나 호주처럼 따뜻한 곳에서 겨울을 보내고,
봄에 우리나라로 날아와 번식을 합니다. 따뜻
한 남쪽나라를 떠나 먼 우리나라까지 날아와
서 번식을 하는 이유는 뭘까요? 우리나라는 대
부분의 식물들이 봄에 싹을 틔웁니다. 작은 애
벌레들은 억세지 않은 연한 잎을 먹어야 성충
으로 자랄 수 있습니다. 여름철새들은 봄에 알
을 낳고 애벌레들을 잡아다 아기 새들에게 먹
입니다. 애벌레를 먹고 자란 어린 새들은 추
운 겨울이 오면 따뜻한 남쪽 나라로 날아갑니
다. 그런데 겨울 날씨가 따뜻해지면서 문제가
생기기 시작했습니다. 먼 길을 날아간다는 것
은 힘들고 위험한 일이기도 하고, 겨울이 견딜
만해지니까 떠나지 않고 우리나라에서 겨울을
나는 개체들이 생겨나기 시작한 것입니다. 이
제 울산에서는 겨울에도 심심치 않게 후투티
를 만날 수 있습니다.

　여름철새인 파랑새입니다. 날씨가 따뜻해지면서 봄에 잎이 트는 시기가 빨라지고 있습니다.
애벌레들이 더 빨리 알에서 깨어나 더 빨리 자랍니다. 먼 길을 날아온 여름철새들이 아직 둥지도
못 짓고 짝짓기도 못 했는데 애벌레가 많이 자라 있습니다. 정확한 시기를 맞추지 못한 여름철새
들은 번식에 실패할 확률이 높아집니다. 반면 겨울에 남쪽으로 날아가지 않은 개체들은 애벌레
가 부화하는 시기를 기다렸다가 정확히 짝을 찾고 알을 낳을 수 있으며 번식에 성공할 확률도 높
아집니다. 겨울에 남쪽으로 날아가지 않은 부모들이 낳아 기른 아기 새들은 이듬해 겨울에도 남
쪽으로 날아가지 않을 가능성이 큽니다. 그렇게 텃새화되는 여름철새들의 비율이 높아지고 있습
니다.

한라산 꼭대기에 사는 구상나무입니다. 구상나무들은 빙하기가 끝나고 날씨가 따뜻해지면서 한라산, 지리산, 덕유산, 가야산 꼭대기에 고립된 채 분포하고 있습니다. 그런데 최근 20~30년간 지속적으로 구상나무의 죽음이 보고되고 있습니다. 겨울이 따뜻해지면서 한라산 꼭대기에 눈이 남아 있지 않게 되자 구상나무들이 뜨겁고 건조해진 봄 날씨를 견디지 못하고 죽어 가고 있는 것입니다. 이미 대부분의 구상나무가 말라 죽었으며, 한라산 정상부의 구상나무숲을 보전하거나 복원하는 것은 거의 불가능해 보입니다. 기후 변화는 우리 주변의 풍경을 바꿔 놓습니다.

경상북도 경주에 있는 석빙고입니다. 겨울에 얼음을 저장해 두고 여름내 사용하기 위해 만든 시설입니다. 석빙고 앞에 있는 비석에 의하면 조선 영조 때 만들어졌다고 하니 불과 300년도 안 된 시설입니다. 300년 전에는 강이 두껍게 얼고, 그 얼음을 가져다가 여름내 쓸 수 있을 정도로 겨울이 추웠습니다.

겨울이 많이 추우신가요? 이 사진은 2023년 12월 15일의 비 내리는 날에 촬영되었습니다. 이제 경주의 겨울은 강을 두껍게 얼릴 수 있을 정도로 춥지 않습니다. 경주보다 북쪽에 있는 서울의 한강도 서빙고를 채울 만큼 얼지 않습니다. 기후 변화는 북극곰만의 문제가 아닙니다. 우리 곁의 숲과 바다가 변하고 있고, 동식물의 분포와 삶이 달라지고 있습니다. 기후 변화는 지구 전체의 문제입니다.

숲은 핵심적인 탄소 흡수원

인류는 거대한 전환을 통해 화석연료에서 열과 에너지를 얻고 온실가스를 내뿜는 현재의 탄소 순환 체계를 바꿔야 합니다.

마이크로소프트의 창립자 빌게이츠는 2014년 탄소 중립에 관한 TED 영상에서 $CO_2 = P \times S \times E \times C$라는 공식에 근거한 혁신을 제안한 바 있습니다. 이 공식은 인간이 배출하는 이산화탄소의 양(CO_2)을 인구수(P), 사람들이 누리는 서비스(S), 그 서비스를 생산하는 데 필요한 에너지(E), 그 에너지를 생산하는 과정에서 발생하는 이산화탄소(C)의 곱으로 수식화한 것입니다. 네 개의 변수 중 하나를 '0'으로 만들면 전체 값을 '0'으로 만들 수 있습니다. 이것이 탄소 중립인 것이죠. 인구수(P) 감소를 포함한 모든 단계에서의 혁신이 필요합니다. 과도한 서비스의 이용(S)도 줄여야 하고, 서비스를 생산하는 데 필요한 에너지(E)를 줄이는 혁신도 필요합니다. 그중에서 가장 핵심적인 분야는 에너지를 생산하는 과정에서 발생하는 이산화탄소(C)에 관한 혁신입니다.

기후 위기의 원인으로 지목받고 있는 온실가스는 이산화탄소(CO_2)를 비롯한 탄소 기반의 기체들입니다. 온실가스들은 어디에서 왔을까요? 지구상의 모든 생명은 탄소를 기반으로 이루어져 있습니다. 거대한 식물들로 채워진 숲은 탄소의 저장고이고, 숲의 바닥에 깔린 낙엽과 유기물도 탄소로 이루어져 있습니다. 고대의 생물들이 땅속에 묻혀 만들어진 석탄과 석유 또한 탄소로 이뤄진 화석 연료입니다.

우리는 산업혁명 이후 지난 200년간 빠른 속도로 숲을 베어 내고, 습지를 매립하고, 그곳에 도시를 세웠습니다. 숲과 습지에 저장돼 있던 탄소는 대기 중으로 날아가 버렸습니다. 땅속 깊은 곳에 묻혀 있던 석탄과 석유를 꺼내 태웠고, 이를 통해 열과 에너지를 얻었습니다.

화석 연료에 저장돼 있던 탄소들 또한 대기 중으로 날아가 버렸습니다. 지표면과 지하에 저장돼 있던 탄소들은 인간의 활동을 통해 기체의 형태로 대기 중을 떠다니게 됐고, 이러한 온실가스들은 천천히 기후의 균형을 깨뜨렸습니다. 지구 전체의 온도를 상승시킴으로써 극지방의 빙하를 녹이고, 계절을 바꿨으며, 태풍과 홍수, 폭염과 산불 같은 재난의 직간접적인 원인이 됐습니다. 지구 수준의 열평형을 교란시키고, 바다를 산성화시키고, 동식물의 서식지를 파괴했습니다. 이것이 기후 변화, 지구온난화 현상입니다. 기후 변화로 인해 생태계는 고통받고 있으며, 인간의 삶 또한 이 문제에서 자유로울 수 없습니다.

　우리는 어떻게 이산화탄소를 배출하지 않고 열과 에너지를 생산할 수 있을까요? 태양광이나 풍력 발전에 관한 새로운 시도들이 있었고 다른 신재생에너지에 관한 연구도 활발하게 진행되고 있지만, 아직 해결해야 할 숙제들이 많습니다. 인간이 개입된 탄소 순환의 굴레를 바꾼다는 것은 결코 간단하지 않습니다. 화석 연료에 기반하지 않고 열과 에너지를 생산하기 위한 기초 과학 연구, 새로운 생산 방식에 도전하는 신규 기업 육성, 정부의 예산 배정과 정책적 지원이 필요합니다.

　이는 비단 기초 과학과 공학 영역에서의 거대한 도전에 국한되는 이야기가 아닙니다. 탄소 중립의 필요성에 대해 사람들의 공감을 이끌어 내고, 이를 바탕으로 예산과 정책의 방향을 전환하며, 인류의 삶을 영위하는 데 필요한 전력과 물질 생산, 서비스 공급 등 모든 영역에서의 전환이 필요합니다.

기후 위기 시대의 숲은 핵심적인 탄소 흡수원입니다. 숲을 구성하는 나무들은 탄소를 기반으로 한 거대 생명체입니다. 나무뿐 아니라 숲속의 모든 생명체와 낙엽, 토양까지 탄소를 저장합니다. 나무는 광합성을 통해 이산화탄소와 같은 단순한 구조의 탄소화합물을 녹말이나 셀룰로스, 리그닌 같은 복잡한 구조의 탄소 화합물로 바꿔 거대한 줄기와 뿌리, 잎의 구조를 만듭니다. 나무가 크게 자란다는 것은 그만큼 더 많은 탄소를 숲에 고정한다는 뜻입니다. 우리가 숲의 나무들을 크고 건강하게 키운다는 것은 그 자체로 아름다운 일임과 동시에 대기 중에 떠다니는 온실가스를 저장함으로써 기후 변화를 저감한다는 의미가 있습니다. 아름다운 숲을 지키고, 더불어 젊은 숲이 계속 성장하면서 탄소를 고정할 수 있게 해 주어야 합니다.

숲은 육상 생태계에 국한되지 않습니다. 땅 위에 숲이 있는 것처럼 바닷속에도 숲이 있습니다. 커다란 바닷말들은 군락을 이루면서 여러 바다 생물을 잉태하고 보호하는 서식지의 역할을 합니다. 다양한 해조류들이 자라는 바다숲 또한 육지숲처럼 바다를 맑게 하고, 토양을 안정화하며, 이산화탄소를 흡수합니다. 바다 또한 기후 변화의 영향에서 자유롭지 않습니다. 이산화탄소는 상대적으로 물에 잘 녹는 기체입니다. 대기 중의 이산화탄소 농도가 높아지면 이는 지구 표면의 70%를 차지하고 있는 바다에 조금씩 녹게 됩니다. 이산화탄소는 물에 녹아서 탄산이 되는데, 탄산은 글자 그대로 약한 산입니다. 바다가 산성화되면 산호처럼 작은 생물들이 모여 사는 군체는 큰 타격을 받습니다. 산호초숲이 사라지면 작은 물고기와 갑각류들은 살 곳을 잃게 됩니다. 저 넓고 깊은 바닷속의 숲도 우리가 지켜야 할 소중한 생태계입니다.

한반도는 초록색 숲으로 연결되어야

금강산 남북 공동 나무 심기 행사에 참여한 적이 있습니다. 관광지를 벗어나 북한의 숲을 마주하게 됐는데, 생각보다 상태가 심각했습니다. 나무가 있는 산이 거의 없었고, 토양의 상태도 좋지 않았습니다. 바람이나 물에 의해 토양이 이동하는 것을 막는 사방공학을 연구해 오신 노 교수님께서 말씀하셨습니다.

"여기는 사방이 아니라 팔방을 해야겠어!"

나무가 없으니 비만 오면 흙이 쓸려 내려가고, 흙이 쓸려 내려가고 없으니 나무가 안 자라는 악순환이 반복되고 있었습니다. 북한은 이 문제를 해결할 수 있을까요?

　'우리식대로 살아 나가자!' 북한에서 본 표어입니다. 나무를 심는다는 것은 그리 간단한 일이 아닙니다. 나무가 자랄 수 있는 지형을 만들고, 필요하면 나무가 자랄 수 있는 흙도 가져와야 합니다. 건강한 묘목을 지속적으로 공급할 수 있는 구조가 있어야 하고, 나무를 심은 후에는 풀베기 작업 등 관리도 뒤따라야 합니다. 나무를 심고 가꾸는 일에는 국가 단위의 노동력이 필요합니다. 무엇보다 나무를 땔감으로 이용하지 않게 하기 위해 나라 전체의 연료 체계를 개편할 수 있어야 합니다. 탄소 배출 문제는 잠시 옆으로 미뤄 두더라도 나무를 베어 연료로 쓰지 않고도 요리와 난방을 할 수 있어야 어린나무들을 지킬 수 있습니다. 북한이 이 문제를 잘 해결할 수 있을까요?

우리나라에서 차를 타고 가다 창밖을 보면 언제나 초록색 숲을 볼 수 있습니다. 한반도의 위쪽에 있는 중국이나 러시아에서도 창밖은 초록색입니다. 그러나 북한의 창밖은 초록색이 아닙니다. 우리는 북한과 지리적으로 단절된 지 그리 오랜 시간이 지나지 않았습니다. 그럼에도 불구하고 북한의 숲은 우리와는 꽤 달라졌습니다. 협력과 통일에 대한 논의 이전에 단절된 우리의 연결성을 회복하는 것이 중요합니다. 민족의 연결성이나 국가 간 연결성 회복에 앞서, 생태계의 연결성을 회복해야 합니다. 북한의 사람들도 숲을 누릴 수 있어야 합니다. 마을을 숲이 감싸고 있고, 계곡에 맑은 물이 흐르고, 다양한 야생 동식물들이 함께 살아갈 수 있어야 합니다. 한반도는 초록색 숲으로 연결되어야 합니다.

"산에 나무가 없어? 왜? 내가 가서 심으면 안 될까?"

짐작건대 숲을 공부한 사람 중에는 북한이라는 국가에 대한 호불호나 개인적인 정치 성향과는 별개로 북한에 가서 나무를 심고 싶다는 생각을 가진 사람들이 많을 것이라고 생각합니다. 나무를 심고, 그 나무와 함께 오랜 시간을 살아가고, 말년에 자신의 손으로 심은 나무들이 숲을 이룬 것을 보며 늙어 가는 것은 아주 낭만적인 일이거든요. 숲이 아닌 곳을 숲으로 바꾸는 일은 인생을 걸어 볼 만한 일이라고 생각합니다. 저는 나무를 심은 사람이고, 더 많은 나무를 심을 사람입니다.

청년이 없으면 숲과 자연의 문제를 해결할 사람도 없다

우리는 종종 대한민국의 절망적인 합계 출산율 통계에 관한 뉴스를 접합
니다. 현재 우리나라의 합계 출산율은 0.7입니다. 이는 한 사람의 여성
이 평생 동안 낳을 것으로 기대되는 아이 수의 평균이 0.7명이라는 뜻인
데, 일반적으로 여성 한 명이 2.1명 정도의 아이를 낳아야 인구수를 유지
할 수 있을 것으로 기대합니다. 합계 출산율 2.1 이하는 저출산 국가이며,
1.3 이하는 초저출산 국가로 분류합니다. 두 사람이 결혼해서 한 명의 아
이를 낳으면 한 세대가 지난 뒤에는 인구가 절반으로 줄어듭니다. 우리는
0.7명의 아이를 낳고 있으니 더 빠르게 감소할 것입니다.

출산율 통계가 아주 심각한 문제이며 또한 해결이 어려운 이유는 가임기의 거의 모든 청년이 아이를 낳고 기르기 힘든 세상이라는 생각을 공유하기 때문입니다. 그 결과가 바로 합계 출산율 0.7이라는 현상입니다. 모든 사람의 생각을 단숨에 바꾸는 것은 불가능에 가깝습니다. 출산율 문제의 해결을 위해서는 모든 청년들이 '아이를 낳고 기르기 너무 좋은 세상이구나.', '내가 일을 하고 돈을 버는 것보다 집에서 아이를 키우는 게 내 커리어와 우리 회사와 사회 전체에 이득이구나.', '내가 아이 넷을 낳으면 다들 알아서 행복하게 잘 살겠지.'라는 생각을 공유할 수 있어야 합니다. 하지만 현재를 살아가는 청년들은 아이를 많이 낳고, 잘 키움과 동시에 사회에서 많은 부가가치를 창출함으로써 국민연금이나 의료보험처럼 개인의 근로소득에 기반한 국가 재정까지 책임져야 합니다. 모든 청년 개개인이 달성 불가능한 과제를 마주하고 있는 것입니다.

도대체 어떤 법이나 정책적인 지원이 이 문제 해결의 단초가 될 수 있을까요? 생태학자들은 새들이 낳는 알의 수, 식물이 떨어뜨리는 씨앗의 수에 관한 연구를 합니다. 살아남는 새끼의 수, 발아한 새싹의 수를 바탕으로 개체군의 미래를 예측합니다. 인간은 대형 포유류이고, 오랜 진화의 역사를 통해 새끼를 낳고 다음 세대로 유전자를 전달하도록 프로그램되어 있습니다. 자신의 유전자를 세상에 남기고자 하는 모든 행위는 아주 강력한 본능입니다. 그런 본능을 억누르고 현실에 떠밀려 출산을 하지 않는 선택을 한다는 것은 너무나도 슬프고 절망적인 일입니다. 0.7이라는 합계 출산율은 숫자 뒤에 가려진 청년 개개인의 절망과 한숨이 느껴질 정도로 슬픈 수치입니다.

아기가 태어나고 자라는 시기를 살아가는 젊은 가족들에게는 무엇보다 함께할 수 있는 시간이 중요합니다. 아기는 성장과 발달 과정에서 주양육자와 충분한 시간을 보낼 수 있어야 합니다. 퇴근도 없고 휴가도 없는 육아를 매일매일 하기 위해서는 주양육자의 몸 건강과 마음 건강을 챙겨 줄 수 있는 부양육자의 역할도 매우 중요합니다. 계획하고 준비된 육아는 아니었지만 우리 가족은 운 좋게 긴 시간을 함께할 수 있었습니다. 지금을 살아가는 젊은 예비 엄마와 아빠에게는 얼만큼의 시간이 있을까요?

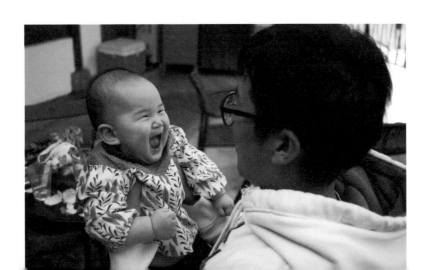

"일로 최고가 될 수 없다면, 퇴근이라도 최고가 되겠습니다!"

저는 환경교육센터에 입사한 첫날부터 퇴사하는 날까지 5년 넘는 시간의 대부분을 6시에 정시 퇴근했습니다. 퇴근하자마자 아내의 회사로 달려가서 아내를 픽업하고, 산들이의 어린이집으로 달려가서 산들이를 픽업했습니다. 출근은 퇴근의 역순입니다. 집에 도착하자마자 요리를 하고, 아내와 아이를 먹이고, 설거지를 하고, 청소와 빨래를 합니다. 저는 주부이고, 가족의 울타리이며, 성실하게 하루하루를 살아 내야 하는 아빠입니다.

　　정시 퇴근을 열심히 하면 회사에서 사랑받게 됩니다. 처음 얼마 정도의 기간은 약간의 긴장 관계가 발생할 수 있지만, 정시 퇴근을 꾸준히 하다 보면 원래 그런 사람이 되어 아무도 신경 쓰지 않게 됩니다. 심지어 일이 너무 많아서 퇴근을 못하고 있는 저를 보면 사람들이 깜짝 놀랍니다. 5분, 10분 눈치를 보던 사람들도 일단 제가 6시 정각에 퇴근을 해 버리니 눈치 볼 필요 없이 뒤따라 퇴근을 할 수 있게 되었습니다. 자주 야근을 하던 동료들의 퇴근 시간이 덩달아 빨라졌습니다. 저는 동료들의 '저녁이 있는 삶'을 지켜 주는 울타리였습니다.

　저희 가족 또한 넉넉하지 않은 상황에서 아이를 낳아 길렀지만, 이 사
례를 일반화할 수는 없습니다. 우리에겐 충분한 시간이라는 자원이 있었
고, 농업이나 기초적인 생물학에 대한 지식이 있었습니다. 이러한 자원
이 없는 청년들도 쉽게쉽게 아이를 낳아 기를 수 있어야 합니다. 지금을
살아가는 젊은 부부의 삶을 우리 모두가 함께 지켜 주어야 한다는 사회적
합의에 지금 당장 도달해도 늦습니다. 줄어들기 시작한 인구는 오랫동안
늘어나지 않습니다. 압도적으로 세계 최저치를 기록한 현재 우리나라의
합계 출산율이 그 증거입니다. 청년이 없으면 숲과 자연의 문제를 해결할
사람도 없습니다. 사람이 먼저고, 청년이 먼저입니다.

숲도 캠퍼를 사랑한다

"우리도 그 숲에 데려가 주세요."

보호 지역이나 외딴곳에 있는 숲에 자주 간다는 이야기를 듣고 부러워하는 사람들이 있습니다. 캠퍼들입니다. 당장이라도 백패킹 장비들을 싸 들고 달려올 기세입니다.

"저는 출장 증빙해야 해서 모텔에서 자야 하는데도요?"

장기 생태 연구 조사지 안에 텐트를 칠 수는 없었지만 근처 모텔에서 잘 수는 있었습니다.

우리는 함께 숲을 걷고, 숲을 이야기하고, 올바른 형태의 캠핑을 생각해 보았습니다.

캠퍼가 늘고 있다는 말을 들었습니다. 반가운 일입니다. 많은 캠퍼들이 저보다 더 자연을 사랑하고 숲을 사랑합니다. 특히 백패커들은 숲을 찾을 때보다 숲을 떠날 때 더 깨끗한 숲을 만드는 것을 미덕으로 여깁니다. 이런 훌륭한 캠퍼들은 숲의 사랑을 받습니다. 최소한의 짐만 가지고, 아무런 쓰레기도 만들지 않는 조용한 캠핑을 꿈꾸는 캠퍼들이 안전하고 평안하게 숲에 몸을 누일 수 있었으면 좋겠습니다.

다시 숲 앞에서

저는 자연을 사랑하지 않습니다. 자연을 많이 사랑하면 숲활동가로 일하기 어렵습니다. 숲활동가는 매일 집을 나설 때마다 가로수들의 반복되는 고통을 봐야 하고, 정원이나 공원을 비롯한 도시숲의 문제들, 나아가 숲에서 만나는 수많은 문제들을 마주해야 합니다. 대규모 서식지 파괴, 초대형 산불, 방사능 오염 문제, 기후 변화의 문제들은 과연 우리가 해결할 수 있는 문제이기는 한가 싶을 정도로 암울한 현실입니다. 차가운 머리로 문제를 바라보기 위해 미지근한 마음을 가지려고 노력합니다. 그리고 분노 속에서 좌절하고 길을 잃지 않기 위해 스스로를 다잡습니다.

저는 제 가족을 사랑합니다. 반짝이는 산들이의 눈빛에서, 사랑스러운 아내의 미소에서 행복을 찾기 위해 노력합니다. 우리의 삶은 완벽하지 않고 늘 이런저런 문제들에 둘러싸여 있지만 그럼에도 불구하고 행복에서 너무 멀어지지 않도록 항상 노력해야 합니다.

저보다 더 자연을 사랑하는 사람들과 문제에 더 깊이 파고드는 사람들, 아름다움과 경이로움에 대한 감각을 가진 사람들, 따뜻한 마음을 가진 사람들에게 감사와 응원의 마음을 전합니다. 여러분이 마음을 다치지 않고 의미 있는 일을 계속할 수 있도록 만드는 힘의 단서를 이 책의 어느 구석에서 발견하기를 바랍니다. 저는 도구이며, 문제 해결을 위한 방법입니다. 문제를 해결하기 위해 함께 고민하겠습니다.

강물은 바다를 포기하지 않습니다. 저는 성실한 실패를 향해 나아가는 사람입니다. 저는 나무를 심은 사람이고, 더 많은 나무를 심을 사람입니다. 땅 위에 초록색 그림을 그리는 여러분들을 위해 더 큰 붓과 더 아름다운 물감을 만들겠습니다.

숲에서 다시 인사드리겠습니다.